JERZY PILCH

ZUM STARKEN ENGEL

JERZY PILCH
ZUM STARKEN ENGEL

Roman

Aus dem Polnischen von
Albrecht Lempp

LUCHTERHAND

Die Originalausgabe erschien 2000
unter dem Titel *Pod mocnym aniołem* bei
Wydawnictwo Literackie, Krakau

Satz: Filmsatz Schröter, München
Druck und Bindung: GGP Media, Pößneck

ISBN 3-630-87131-3

Für Ewa-Ewelina

1

DAS GELBE KLEID

Bevor in meiner Wohnung die Mafiosi in Begleitung der zimtgesichtigen Dichterin Alberta Lulaj auftauchten, bevor sie mich aus trunkenem Schlaf rissen und bevor sie von mir verlangten – anfangs heuchlerisch bittend, dann unerbittlich drohend –, den Druck der Gedichte Alberta Lulajs im *Tygodnik Powszechny* zu befördern, und bevor es zu den stürmischen Ereignissen kam, von denen ich erzählen will, gab es den Vortag dieser Ereignisse, den Anbeginn und Abend des Tages davor, und vom Anbeginn bis zum Abend des Tages davor trank ich Pfirsichschnaps. Ja, ich trank Pfirsichschnaps und sehnte mich tierisch nach der letzten Liebe vor dem Tod und war dem ausschweifenden Leben hemmungslos verfallen.

Noch am Vormittag tat sich nichts, es herrschte Zurückhaltung, ja, eine mäßige Askese gar. Am Vormittag lag ich faul auf dem Sofa, las Zeitungen und hörte Schallplatten mit Aufnahmen des tschechischen Tenorsaxophonisten Feliks Slovaček. Gegen Mittag aber drang von den verschiedenen Melodien, die Slovaček spielte, allmählich nur noch ein Stück in mein Bewußtsein, eine Komposition von Karel Svoboda mit dem Titel *Where've you got your nest, little bird?* Ich lauschte und überlegte, wie das wohl im tschechischen Original heißen könnte: *Kde je tvoje hnízdo, ptáčátko?*, oder vielleicht *Kde je tvoje hnízdo, ptáčku?* Doch war ich nicht in der Lage zu entscheiden, welche der Verkleinerungsformen, also das schwächere *ptáčku*, oder das stärkere *ptáčátko* besser und angemessener klänge, so daß ich auch aus linguistischer Hilflosigkeit (wenngleich unverändert begeistert) wieder und wieder vom Sofa aufstand, zum Plattenspieler ging und in einem fort dieses Stück abspielte, das mich zutiefst bewegte.

Es war ein herrlicher Julitag, vom zwölften Stock aus konnte ich ganz deutlich die Umrisse der Anhöhen um die Stadt sehen, außerdem die Ebenen, Felder, Hochspannungsmasten, Bahngleise, den Fluß, der die klaren Wasser der Linderung führte, die Berge am Horizont, die Weichsel wie ein weißes Steinchen am Grund eines nadeligen Tals, das Gasthaus *Piast* mit seinem Garten, der wie die erste Schwade Heu duftete, sowie Schwärme von Bienen und Faltern über den Bierkrügen. Der ergraute Schäferhund Doktor Swobodziczkas schlabberte sein Deputat aus einem Blechnapf. Der Doktor lebte seit einem Jahr nicht mehr, doch der Hund kam, seiner Gewohnheit treu, täglich zum Gasthaus und jene, die noch lebten, füllten ihm den Napf mit faßgezapftem Żywiec, das sie gerecht aus ihren Krügen abgossen.

Alles sah ich deutlich, als wäre ich dort, und hier, wo ich war, sah ich es auch: Die Fenster in den Häusern standen offen, vereinzelte Autos von altertümlich stromlinienförmiger Gestalt glitten die Straßen entlang, am Geldautomat stand eine Frau in einem gelben Trägerkleid. Aus der Höhe gesehen erschien sie mir klug und schön. Plötzlich überkam mich die Gewißheit, daß sie die letzte Liebe meines Lebens ist. Es war dies eine allumfassende Gewißheit, nicht nur mein besoffener Teil, sondern auch mein nüchterner Teil, und auch alle hinsichtlich ihrer Nüchternheit unbestimmten und unergründlichen Teile meiner Seele schienen diese Gewißheit zu teilen. Ich hätte mich augenblicklich und blitzschnell anziehen, mich mit Kölnisch Wasser besprenkeln und ohne auf den Aufzug zu warten nach unten rennen und ihrer Spur folgen sollen. Einen Moment lang zögerte ich allen Ernstes, ob ich nicht genau das tun sollte, doch da war der Geldautomat, und der Geldautomat verbot diese Liebe. Wäre ich tatsächlich nach unten gelaufen und hätte ihre Fährte aufgenommen, hätte ich getan, was ich immer tat: Ich wäre der Frau mit dem federnden und unerbittlichen Schritt des Serienmörders gefolgt, ich wäre ihr gewandt und ausdauernd gefolgt, ich wäre ihr so lange gefolgt, bis sie mich bemerkt hätte, bis sie voll Schaudern die Gewißheit erlangt hätte, daß jemand unnachgiebig hinter ihr her ist. Danach hätte ich, von ihr bereits bemerkt und entdeckt, die Verfolgung mit der Verzweiflung eines demaskierten Übeltäters fortgesetzt bis zu dem Moment, wo sich ihre Unruhe, ihre Angst und Neugier zu einem explosiven Gemisch verdichtet hätten ... Genau dann, der Explosion zuvorkommend, hätte ich meine Schritte mit Entschiedenheit beschleunigt und wäre zu ihr aufgeschlossen, hätte mich charmant verneigt und mit der tiefen Stimme des Männchens gesagt:

»Verzeihen Sie bitte, verzeihen Sie, aber so lange (hier bräche die tiefe Stimme des Männchens wie aus Schüchternheit), aber so lange, so lange schon folge ich Ihnen, daß ich mich entschlossen habe, mich dazu zu bekennen ...«

Darauf würde sie unweigerlich in ein perlendes Lachen ausbrechen, in dem sich die Sattheit des Weibchens mit der Erleichterung vermischt, daß der Verfolger kein grausamer Perversling ist, der seine Gier zu befriedigen trachtet, sondern ein ausgewiesener Connaisseur, der sie ihrer Schönheit wegen verfolgt.

»Aus welchem Grunde aber, ach, aus welchem Grunde eilen Sie mir denn nach?« würde sie anmutig lächelnd fragen, doch klänge in ihrer Stimme noch das Echo der Nervosität nach.

»Ist das wirklich so schwer zu verstehen?« würde ich gewandt erwidern und mit großer Kraft würde ich zu ihr sprechen und mein Geschwätz wäre wie ein Liebespoem, das durch die Gewalt seines Rhythmus' und seiner Metaphorik überwältigt. Ich sänge für sie ein unwiderstehliches Lied und sie könnte schon nach den ersten paar Strophen nicht widerstehen, wäre bereit, willfährig, sterblich verliebt, wäre mein, mein für immer, und ich führte sie auf den lichten Pfad unseres gemeinsamen Lebens.

Doch leider konnte ich so nicht vorgehen, konnte ich in jenem Moment meine klassischen Tricks nicht zum Einsatz bringen. Wie hätte ich einer Frau auf den Fersen folgen können, die gerade Bares am Geldautomat abgehoben hatte? Wie hätte ich anschließend den von ihr herbeigerufenen Polizisten erklären sollen, daß mich nicht die verbrecherische Gier nach den Groschen, sondern Liebe auf den ersten Blick zu meinem Tun veranlaßt hatte? Jeder Versuch wäre hier vergeblich gewesen, das lohnte nicht. Ich winkte ab, kapitulierte und sah vom zwölften Stock aus traurig zu, wie sich die Frau entfernte, die meine Frau und die Mutter meiner Kinder hätte werden sollen. Mit großer Wehmut verfolgte ich, wie sich die letzte Liebe meines Lebens vom Geldautomaten entfernte, wie sie noch ein Stück die Johannes-Paul-Straße entlangging und dann für immer und ewig in die Pańska-Straße abbog. Wieder einmal hatten in der Geschichte große Gefühle gegen das Geld verloren. Plötzlich überkam mich eine schreckliche Wut. Ich war wütend auf die Geldautomaten, die es noch vor ein paar Jahren nicht gegeben hatte. Fuchsteufelswild dachte ich an den Fall der Berliner Mauer, und ich war gegen den Fall der Berliner Mauer, all die Enthusiasten, die mit Maurerhämmern die Berliner Mauer zertrümmert hatten, hatten mir die Brünette in dem gelben Kleid genommen. Und ich war gegen die *Solidarność*, denn die *Solidarność* hatte mir die Brünette in dem gelben Kleid genommen, und Lech Wałęsa hatte mir die Brünette in dem gelben Kleid genommen und Johannes Paul II., als er ausrief »Komm herab, Heiliger Geist«, hatte mir die Brünette in dem gelben Kleid genommen, und indem er herniederkam und das Antlitz der Erde veränderte, hatte der Heilige Geist mir die Brünette mit dem gelben Kleid genommen. »Mein Gott, Heiliger Geist«, dachte ich, »wenn alles beim alten geblieben wäre, wenn der Kommunismus nicht untergegangen wäre, es keinen freien Markt gäbe, wenn es in dem Teil Europas, in dem ich geboren wurde, nicht zu all den Veränderungen gekommen wäre, gäbe es hier jetzt keine Geldautomaten, und wenn es keine Geldautomaten gäbe, wäre zwischen mir und der dunkelhaarigen Schönheit in dem gelben Kleid alles glatt gelaufen.«

Doch niemand, nicht einmal der Heilige Geist, kehrt den Lauf der Geschichte um, niemand und nichts brachte die Brünette zurück, die jetzt bestimmt schon die Ecke erreicht hatte, wo sich die Pańska- und die Żelazna-Straße kreuzen. Was blieb war das Leiden, der Schmerz und die Enttäuschung über die Trennung von dem bronzefarbenen Körper in dem gelben Kleid. Andererseits konnte mir nicht entgehen, daß Schmerz und Enttäuschung über die Trennung das Schöne ringsum verstärkten. Anrührend und wehmütig, ja vielleicht sogar noch anrührender und wehmütiger klang das Tenorsaxophon von Feliks Slovaček. Ich hob den Blick, die Straßenbahn fuhr durch Gras, das so hoch stand, daß sich ein Reiter mit seinem Pferd darin hätte verstecken können, gegenüber in den imponierenden Bürotürmen, die das UNO-Rondell umstanden, gingen zwei uniformierte Wächter von Raum zu Raum, machten die Lichter an und wieder aus, beäugten mich durch die großen, dreigeteilten Fenster, über die Dächer und die Antennen zog eine helle Wolke, es war ein großer Tag mitten im Sommer. Es war so ein Tag, auf den man das ganze Jahr wartete, vielleicht sogar ein paar Jahre, es war ein Tag, an dem der Mensch in jedem Augenblick aufhören konnte zu trinken.

Ich wandte mich vom Fenster ab und betrachtete das von Saxophonklängen erfüllte Zimmer, in der Flasche auf dem Tisch war noch viel Pfirsichschnaps, ich näherte mich ihr, goß ein, trank aus und hatte eine Erleuchtung. Mein Gott, was für eine Erleuchtung ich hatte und wie sie zur Außergewöhnlichkeit des Tages paßte! Meine Eingeweide erstrahlten in gleichmäßigem und freundlichem Licht, meine Gedanken formten sich augenblicklich zu kunstvollen Phrasen, meine Gestik war fehlerlos. Ich duschte, wusch mir die Haare, zog mich an, bespritzte mich mit Kölnisch Wasser und ohne auf den Aufzug zu warten, lief ich nach unten und folgte der Spur der schönen und klugen Brünetten im gelben Trägerkleid. Ich war bereit, die Pańska-Straße, die Żelazna-, Złota-, Sienna- und überhaupt alle Straßen entlangzulaufen, ich war bereit, die ganze Stadt zu durchpflügen, in jedes Hoftor zu schauen, an jeder Wohnungstür zu klingeln, ich wußte, ich würde sie finden. Ich wußte, ich würde sie auf Erden finden, nicht erst im Himmel, zu Lebzeiten, nicht erst im Tod, in Wirklichkeit, nicht nur im Traum.

2

DER DUNKELHÄUTIGE RINGER

Ich träumte, ich suche Gegenstände auf dem Boden des Ozeans, ich träumte, ein dunkelhäutiger Ringer nehme mir zum Vergnügen der Gaffer ein volles Glas Bier vor der Nase weg, im Traum wußte ich nicht, daß er ein Ringer war, ich wollte ihn erniedrigen, umsonst, umsonst, statt dessen erniedrigte er mich, sowohl in dem nicht beendeten Traum als auch im nicht begonnenen Wachzustand wurde ich erniedrigt. Die Träume des Säufers trennt eine Pappwand vom Wachsein, in der Nacht träumt der Trinker das, was er am Tag erlebt hat, genauer müßte es heißen: nachts erscheinen dem Trinker die Trugbilder des Tages. Ich watete, schwamm und ertrank in einem Meer aus fünfundvierzigprozentigem Alkohol, erwachte gebadet in bräunlichem Schweiß, warf einen Blick auf die Uhr, es war vier Uhr morgens, Kräuterwodka dampfte aus dem Zifferblatt.

Achtzehn Mal lag ich auf der Delirantenstation, zum Schluß gab Doktor Granada im Glanze seiner Macht und seines athletischen Körperbaus die Anweisung, mich nicht mehr aufzunehmen. Ich war unheilbar – eine Lappalie, niemand ist heilbar (insbesondere die Gesunden sind unheilbar), doch meine Prognose war nicht gut, ich zeigte keinen Willen zur Heilung, ich wollte nicht nicht trinken. Aus den Tests, die so kompliziert waren wie Quantenphysik und die von den genervten Patienten auf Anweisung der körperlich und geistig zu innerer Ruhe gekommenen und unerschütterlichen Therapeutinnen gelöst werden mußten, ging hervor, daß ich selbstmörderisch veranlagt war.

»Wollen Sie sich zu Tode trinken?« fragte Doktor Granada.

»Ich bestätige es nicht und streite es nicht ab«, entgegnete ich, denn in keiner Situation konnte ich auf ausgeklügelte Redewendungen verzichten. Zu spät begriff ich, daß dies keine Gabe, sondern ein Fluch war. Jedes Telefongespräch verwandelte sich bei mir in einen Romandialog, jede Begrüßung in einen poetischen Aphorismus, jede Erkundigung nach der Uhrzeit in eine theatralische Frage. Meine nach Höherem und vielleicht gar nach Unsterblichkeit lechzende Sprache herrschte über mich. Ich war ein Sklave meiner Sprache, ein Sklave der Frauen, ein Sklave des Alkohols.

»Wenn Sie sich zu Tode trinken wollen, warum belästigen Sie uns mit Ihrer angeblich verzweifelten Person? Warum bemühen Sie mein Personal? Wozu besuchen Sie die Vorträge und Gruppengespräche? Wozu schreiben Sie deliröse Beichten und führen ein Tagebuch der Gefühle? Wozu zum Teufel piekst Ihnen Schwester Viola in Ihre widerlichen Adern? Wozu pumpen wir durch Ihren überempfindsamen Körper Hektoliter lebensspendender Infusionen, wo Sie sich doch ganz bewußt von allem entfernen wollen, was lebensspendend ist?«

»Wo ich doch gar nicht sterben will.«

»Wissen Sie, Pan J., das klingt nun wieder ein bißchen zu anspruchsvoll.«

»Ich will mich nicht zu Tode trinken, jedenfalls nicht jetzt. Um die Wahrheit zu sagen, am liebsten würde ich mich nach einem langen und glücklichen Leben zu Tode trinken.«

»Sie haben den Geist eines Kindes, und zwar eines ziemlich zurückgebliebenen Kindes.«

»Ach, Herr Doktor, ich weiß, ich weiß doch genau, daß man (vor allem in meinem Fall) nicht trinken und gleichzeitig lange und glücklich leben kann. Aber wie kann man lange und glücklich leben ohne zu trinken?«

Im allgemeinen mochte ich die Gespräche mit Doktor Granada, doch manchmal verwandelten sie sich in einen puren Alptraum. Der schmerzhafteste Zustand der Wirklichkeit: die symptomfreie Unwahrhaftigkeit. Doktor Granada verkündete kluge, glatte und dem Anschein nach überzeugende, dem Oberarzt einer Delirantenstation würdige Fragen. Ich verkündete eifrig primitive Paradoxa, ganz so, als wollte ich unumstößlich unter Beweis stellen, daß ein Teil meiner Gehirnzellen abgestorben und durch inaktives Bindegewebe ersetzt worden war. Beide berührten wir nicht das Wesen der Sache, beide litten wir darunter, daß das Wesen der Sache nicht greifbar war. Doch der Trinker und sogar der Doktor eines Trinkers, der versucht, das Wesen der Sache anzusprechen, befindet sich in einer sehr schwierigen Situation. Shakespeare berührte das Wesen der Sache, Newton berührte das Wesen der Sache, Tolstoj berührte das Wesen der Sache, Einstein berührte das Wesen der Sache. Aber ein Trinker? Für einen Trinker ist das immer viel schwerer.

»Wie kann man lange und glücklich leben, ohne zu trinken?« Ich verkündete diesen Satz, als säße ich auf einem Barhocker, mein Gesicht nahm einen schalkhaften Ausdruck an und augenblicklich wünschte ich, genau ins Innere meiner vom Branntwein demoralisierten Seele spucken zu können. Klare Sache, natürlich wußte ich genau, daß man, ja natürlich, daß man sehr wohl lange und glücklich leben kann ohne zu trinken. Ich selbst kannte Menschen, die ohne zu trinken lange und glücklich lebten. Und selbst wenn ich sie nicht persönlich kannte (denn tatsächlich kannte ich niemand Glücklichen persönlich, und wollte auch keinen kennenlernen. Wenn ich hörte, daß von jemandem gesagt wurde: Der ist glücklich, dem geht es gut, der führt ein glückliches Leben, dann floh ich vor solchen Glückspilzen, mied sie wie die Pest), selbst wenn ich sie nicht persönlich kannte, dann kannten andere sie, und selbst wenn andere sie nicht kannten, dann waren jene doch Glückspilze. Sie waren es und sind es. Letztlich soll man es mit den Trinkern auch nicht übertreiben, die Trinker stellen eine Randerscheinung dar, der überwiegende Teil der Menschheit trinkt nicht. Obgleich im Grunde genommen nicht ganz klar ist, warum. Warum eigentlich trinkt der überwiegende Teil der Menschheit nicht? Was sind die Ursachen? Das, bitte schön, ist eine der fundamentalen Fragen. Fragen – Plagen. Das Schnapssaufen ist ein derart ergiebiges Thema, daß in jedem Augenblick daraus eine fundamentale Frage entstehen kann. Wohin du dein Antlitz auch wendest, welchen Pfad durch die Sümpfe du auch wählst, überall mag es passieren, daß du auf einen Engel mit flammendem Schwert triffst, und der Engel zu dir spricht (seine Stimme aber wird sein wie die Stimme vieler Schnäpse) und fragt: »Warum trinkst du nicht, mein Bruder?« Und wenn du, mein Bruder, antwortest, daß du nicht trinkst, weil du kein derartiges Bedürfnis hast, oder daß du nicht trinkst, weil der Wodka dir nicht schmeckt, oder, Gott bewahre, du antwortest, daß du nicht trinkst, weil du keine künstlichen Aufputschmittel brauchst, oder du etwas vergleichbar Törichtes sagst, wenn du zum Beispiel sagst, daß du nicht trinkst, weil du ganz prima auch ohne Alkohol auskommst, wenn du, sündiger Mensch, in deiner ganzen Naivität, aber auch Unverfrorenheit so etwas sagst, dann wisse: eine harte Strafe wird dich treffen. Und wie die Heilige Schrift sagt: Die Strafe für eine Sünde ist der Tod.

Achtzehn Mal lag ich auf der Delirantenstation, kaum erkennbare Narben vom eingenähten Antabus schmükken meinen Körper, so wie die Nadeln den Nadelbaum schmücken, meine Leber hat den unvergleichlichen Duft einer Mischung aus Parfum, Kölnisch Wasser und Salizylspiritus, dabei gab es in meinem Leben doch eine derart unfaßbare Zeit, als auch ich zu sagen pflegte: »Ich trinke nicht«, als meine Leber nicht nach Parfums duftete und als meine Haut glatt war. »Und warum nur trinkst du nicht, Bruder?« fragten meine Brüder an der

Theke und waren böse, und der Geist von Wenedikt Jerofejew schwebte über ihren Köpfen, und ihre willenlosen Zungen sprachen mit seiner Zunge, und ich schrieb ein paar Zeilen unter seinem Einfluß und entzog mich, ihm meinen Gruß entbietend, seinem Einfluß. Denn selbst zwischen der gekonntesten Literatur und der mitreißenden Schlichtheit der eigenen Unruhe gibt es keine Wahl. »Warum trinkst du nicht, Bruder?« fragten die an der Theke. »Ich trinke nicht«, antwortete ich, »weil ich keine Lust habe, weil es mir nicht schmeckt, ich brauche keinerlei künstliche Anreize, ich komme bestens auch ohne Alkohol zurecht.« So antwortete ich und es war die Wahrheit, allerdings nur für kurze Zeit. Bis zu der Zeit nämlich, als für ein Glas Schnaps die Stunde des Triumphs schlug. Bis zu der Zeit, als ich einer fundamentalen Flasche in den Rachen schaute. Davon werde ich erzählen, wenn die Zeit kommt, vom triumphalen Glas Schnaps, von der fundamentalen Flasche und dem noch immer nicht ausgetrunkenen Glas eines Tranks, der so schwer wie ein Sargdeckel ist. Auf der reglosen Oberfläche, in eine Zitronenscheibe gespießt, dreht sich ein winzig kleiner schwarzer Schirm.

3

DOKTOR GRANADA

»Wissen Sie, Pan J., ich bin fest davon überzeugt, daß kein einziger der paar Dutzend Heroen und keine einzige der paar Heroinnen, die jetzt auf meiner Station liegen, sich jemals wieder zu großen Taten aufschwingen werden. Keiner von euch wird je wieder gesund, keiner von euch wird aufhören zu trinken. Weder Ihr Zimmergenosse Kolumbus der Entdecker, noch Simon die Güte Selbst, noch Don Juan Ziobro, noch der Zukkerkönig oder der Held Sozialistischer Arbeit, dessen lebendiger Leichnam erst gestern wieder unsere Schwelle überschritten hat, noch der Meistgesuchte Terrorist der Welt, noch die Königin von Kent, noch Fanny Kapellmeister, noch Joanna oder Marianna, ganz gewiß wird keiner von euch mit dem Trinken aufhören. Im übrigen lohnt es sich gar nicht, über die von mir aufgezählten Mitglieder des ehrenwerten Aeropags zu reden. Letztlich sind auch Anfänger ohne jede Chance, doch selbst die, welche zum ersten Mal zu mir kommen, sind keine Anfänger mehr, überwiegend sind es bereits fortgeschrittene Künstler, den wahren Anfängern, die jetzt in der Parkanlage ihres Wohnviertels die erste Flasche öffnen, fällt es überhaupt nicht ein, daß aus ihnen einmal verdiente Klassiker werden.«

Doktor Granada betrachtet die Welt mit einem Auge, das zweite (oder vielleicht das erste? Welches Auge ist das erste, und welches das zweite? Wir haben hier das klassische Beispiel eines Trinkerproblems; trinkend kann man überaus subtil jedem einzelnen seiner Aspekte nachgehen), das zweite, oder vielleicht das erste Auge des Doktors weist eine Hornhauttrübung auf, ein eher oberflächliches Leiden, das der Kollege Chirurg leicht hätte entfernen können, doch hatte der Doktor zweifelsohne recht, es nicht nur nicht entfernen zu lassen, sondern seine Einäugigkeit sogar noch zu kultivieren. Es verlieh ihm das Charisma eines Führers, in unseren löchrigen Hirnen erwachten Erinnerungen an die in der Kindheit gelesenen Bücher von Piraten; den Krankenschwestern wurde ganz schwindlig vom Zyklopismus des Oberarztes, schon längst hatte ich bemerkt, daß eine ausgeprägte Asymmetrie der männlichen Anatomie bei Frauen eine schmachtende Zuneigung noch verstärkt; allerdings läßt sich der Knoten dieser Perversion ohne trunkene Hypothesen nicht lösen, so daß ich das Problem vorläufig beiseite lasse.

Doktor Granada erinnerte mich an Doktor Swobodziczka aus dem Örtchen Wisła, derselbe Geruch archaischen Kölnisch Wassers, ein ähnliches Aussehen, eine greifbare Analogie bravouröser Namen, ein ähnlich herablassendes (»von oben herab spreche ich zu euch«) Verhältnis zur Welt, eine ähnliche, vielleicht sogar identisch laut dröhnende Stimme, eine ähnliche Neigung zu blumigen und zugleich handfesten Paradoxa, die Einäugigkeit, als wären sie Zwillinge. Diesem hat weißes Wurzelwerk das linke Auge überwuchert, jener trug in der rechten Augenhöhle eine gläserne Prothese. Ich fiebre, obschon ich nicht weiß, was fiebern heißt. Ich habe furchtbares Fieber, liege im riesigen Bett meiner Eltern, das die Ausmaße eines Ozeandampfers hat, die Nachtlampe geht an und wieder aus, der einäugige Doktor beugt sich über mich.

»Doch es ist eine Selbsttäuschung in ihnen, zumindest einige sind gänzlich der Macht der eigenen Sinnestäuschungen erlegen«, das Strahlen im einen Auge von Doktor Granada verdichtet sich wie eisgekühlter Absolut.

»Jetzt glauben sie, daß sie nicht mehr trinken werden, sind fest davon überzeugt, daß sie ihr ganzes Leben kein Gläschen mehr trinken werden und versprechen sich das ehrlich. Aber natürlich schaffen sie es nicht, über kurz oder lang drücken ihnen die Klauen des Lasters wieder die ausgedörrten Kehlen zu, jetzt, nach der Entgiftung, sind sie Abstinenzler, sagen wir Quasi-Abstinenzler, und sie wissen genau, daß es gut ist, nicht zu trinken, und wenn sie sich neuerlich vollaufen lassen, werden sie beim ersten Mal nicht sterben, so daß sie zumindest eine Zeitlang die Nüchternheit aus ihrer Zeit im Krankenhaus oder gar aus der kurzen Zeit danach in Erinnerung behalten. Sie werden hin- und hergerissen sein, umsonst werden sie zwischen Trinken und Nichttrinken hin- und hergerissen sein, doch zumindest ist dieses ihr vergebliches Hin- und Hergerissensein dann ein Zeichen eines zwar verlorenen Kampfes, aber immerhin eines Kampfes, ein Zeichen einer Bewegung. Sie kriegen Hiebe, aber sie gehen in den Ring. Doch Sie, Pan J., Sie gehen nicht mehr in den Ring. Sie sind reglos, Sie sind in der Flasche erstarrt wie ein Käfer im Bernstein. Sie sind innerlich völlig ausgebrannt. Trümmer sind in Ihnen und es sind eiskalte Trümmer. Ausgiebige Regenfälle haben den Brand ein für allemal gelöscht. Scheinbar sitzen Sie hier in meinem Zimmer, scheinbar sagen Sie etwas, in manchen Augenblicken kann man sogar den irrigen Eindruck gewinnen, als redeten Sie vernünftig, noch tragen Sie den Krankenkittel, doch im Grunde sind Sie bereits nicht mehr hier, in eleganter Ausgehkleidung sitzen Sie bereits auf einem Barhocker und trinken. Am Ende der Woche gehen Sie in glänzender Verfassung von hier fort, vollgepumpt mit Vitaminen, der Magnesiummangel mehr oder weniger behoben, gestärkt mit stärkenden Substanzen und mit Beruhigungsmitteln beruhigt gehen Sie von hier auf eigenen Beinen fort, denn wir haben Sie zum ich weiß nicht wievielten Male wieder auf die Beine gestellt, und wohin werden Sie dann unweigerlich Ihre Schritte lenken? Muß ich überhaupt fragen? Muß ich meiner Stimme die Mühe bereiten, die Intonation einer Frage anzunehmen? Sie werden sich so schnell es nur geht in das nächstgelegene Lokal oder in den nächstgelegenen Alkoholladen begeben.«

Doktor Granada hatte vollkommen recht. Immer lenkte ich nach dem Verlassen der Delirantenstation meine Schritte ins nächstgelegene Lokal oder zum nächstgelegenen Alkoholladen. Genauer gesagt, begab ich mich zuerst ins Lokal, und um der Genauigkeit willen sei gesagt, daß es nicht das nächstgelegene Lokal war, das heißt, es war das der von meiner Frau verlassenen Wohnung am UNO-Rondell nächstgelegene Lokal. So ist es. Ich verließ die Delirantenstation, begab mich zum nächstgelegenen Taxistand und fuhr mit dem Taxi in die unmittelbare Nähe meines Hochhauses, in meiner Gegend fühlte ich mich sicherer, überall ist es gut, aber zu Hause ist es am besten. Und ich ging ins Lokal »Zum starken Engel«, und mit dem Ziel, meine Empfindungen zu ordnen, trank ich vier Fünfzig-Gramm-Gläschen aus. Dann kaufte ich im nahegelegenen Laden eine Flasche Wodka und bot dem Durcheinander der Gegenstände die Stirn. Mit der Unordnung, die in der von meiner Frau verlassenen Wohnung unaufhörlich zunahm, wurde ich nüchtern nicht fertig, obgleich ich es mit großer Ausdauer versuchte, denn von Natur aus bin ich überaus pedantisch.

4

DER FÜNFZIGZŁOTYSCHEIN

Auf der Delirantenstation brach ein Streit wegen eines Plagiats aus. Nebenbei gesagt, als ich das erste Mal auf die Station kam, hatte ich keinen blassen Schimmer, daß ich die Schwelle zu einem Künstlerhaus überschritten hatte, daß ich ein Milieu von Menschen der Feder betrat, von Schriftstellern, die unaufhörlich deliröse Autobiographien schufen, die in gewöhnliche Schulhefte sogenannte Gefühlstagebücher schrieben, in denen ihre allergeheimsten Emotionen standen, die unter größten Mühen ihre alkoholischen Beichten verfaßten. Die Deliranten schrieben des Morgens und des Vormittags oder gingen in Erwartung künstlerischer Eingebungen stundenlang die Flure auf und ab und die Manuskripte unter ihren Armen wurden immer umfangreicher, je länger ihr Aufenthalt dauerte. An den Nachmittagen absolvierten sie therapeutische Gespräche mit den Therapeutinnen, Doktor Granada oder dem Therapeuten Moses alias Ich, Der Alkohol, hörten Vorträge und nahmen an Gruppengesprächen teil, abends dagegen hatten sie gewöhnlich Autorenabende, an die sich verbissene Diskussionen anschlossen. Während einer solchen Diskussion konfrontierte das zahlreich versammelte Publikum die Delirantin Marianna mit dem Vorwurf, ihre eben zu Gehör gebrachte Trinkerbeichte sei der vor einer Woche von der Delirantin Joanna vorgetragenen Konfession zum Verwechseln ähnlich. Da beide Seiten sich mit Hilfe gegenseitiger Beschuldigungen verteidigten, war das Problem, ob die Delirantin Marianna die Vision ihrer Säufernacht von der Delirantin Joanna abgeschrieben hatte, oder umgekehrt, nicht leicht zu entscheiden. Die versammelte Gemeinde der Deliranten beschloß einstimmig, am nächsten Tag eine Gegenüberstellung zu veranstalten, bei der beide ihre Arbeiten vorlesen würden und bei der dann nach einer Diskussion per Abstimmung das Urteil gefällt werden sollte.

Die Arbeit der Delirantin Marianna klang ungefähr so: »Es war am 21. Dezember 1985. Ich wachte mitten in der Nacht auf. Ich hatte einen furchtbaren Kater, schwitzte und zitterte am ganzen Leib. Ich hatte keinen Groschen. Ich wußte, daß mein Mann, der im Nebenzimmer schlief, Geld hatte. Ich schlich mich zu ihm, durchsuchte seine Kleidung und fand in der Gesäßtasche seiner Hose den Geldbeutel. Ich entnahm ihm fünfzig Złoty, zog mich leise an und ging ins Nachtgeschäft ganz in der Nähe. Im Laden kaufte ich Sekt, den ich mit nach Hause nahm. In der Küche – ohne Licht zu machen, denn es war dort hell genug, wir wohnen im Erdgeschoß und gleich vor dem Fenster steht eine Straßenlaterne – in der Küche also öffnete ich den Sekt, obgleich ich die ganze Zeit Angst hatte, daß der Korken herausknallen und meinen schlafenden Mann wekken könnte. Aber es klappte, ich öffnete die Flasche leise und trank sie in einer halben Stunde leer. Ich fühlte mich erheblich besser. Der charakteristische Mut stellte sich bei mir ein und ohne irgendwelche Vorsichtsmaßnahmen zu treffen, ja, ich machte auf dem Flur sogar bravourös das Licht an, ging ich mutig aus dem Haus, um die Flasche in die Mülltonne zu werfen. Auf dem Weg kam mir dann der Gedanke, daß ich einen kleinen Vorrat für den Rest der Nacht brauchen könnte, und weil ich noch Geld hatte, ging ich neuerlich zu dem Nachtladen und kaufte ein Viertel Wodka. Zurück im Haus ging ich wieder in die Küche, wollte da aber schon nicht mehr trinken. Ich nahm eine Halbliterflasche mit Himbeersaft aus der Anrichte, den ich im Sommer selbst aus den Himbeeren gemacht hatte, die in unserem Schrebergärtchen wachsen. Die Hälfte des Safts schüttete ich in den Ausguß, dann goß ich zur restlichen Hälfte durch einen Trichter das im Nachtgeschäft gekaufte Viertel Wodka. Nicht einmal das ganze, denn während ich den Saft in den Ausguß schüttete, wurde ich auf einmal ganz traurig und noch bevor ich das Getränk mixte, trank ich einen kräftigen Schluck direkt aus der Flasche. Ein paar Mal schüttelte ich die Flasche kräftig durch, damit der Wodka sich gut mit dem Saft verbeißt, aber auch, damit die Flasche so aussieht, als wäre reiner Saft darin. Denn ich hatte vor, sie mit ins Zimmer zu nehmen, mich hinzulegen und im Bett ein wenig zu trinken. Ich wußte, daß mir das guttun würde, daß ich dann gut schlafen könnte, und wenn ich aufwachte, würde ich jeder Zeit etwas trinken können, was mir helfen würde. Ich mußte aber damit rechnen, daß ich fest einschlafen würde, und für alle Fälle, wenn mein Mann früher aufwachen und die Flasche bei meinem Bett finden sollte, wollte ich, daß er denkt, es sei reiner Saft. Die leere Wodkaflasche trug ich dann nicht mehr raus auf den Müll, ich versteckte sie hinter dem Sofa. Ich legte mich ins Bett und von Zeit zu Zeit wachte ich auf, aber dann trank ich ein bißchen und die ganze Zeit fühlte ich mich sehr gut. In der Frühe bemerkte mein Mann zwar weder die Flasche, noch daß ich in der Nacht hatte rausgehen, einkaufen und Alkohol trinken müssen, doch bemerkte er, daß in seinem Geldbeutel fünfzig Złoty fehlten und er fing an, mir laut Vorwürfe zu machen. Weil ich wieder einen furchtbaren Kater hatte, und dadurch aggressiv war, machte ich ihm eine ordinäre Szene, zog mich an, packte ein paar Sachen und von da an zog ich als Landstreicherin durch die Gegend, was nichts anderes als eine riesige Sauftour war.«

Marianna las ihre Arbeit mit erbrechender Stimme, alle Augenblicke wischte sie sich vermeintliche oder vielleicht auch echte Tränen ab und gab mit allen verfügbaren Mitteln zu verstehen, daß sie bestohlen worden war, daß Joanna von ihr abgeschrieben hatte.

»Es tut mir sehr leid«, sagte sie zum Schluß, »daß ich meines Lebens beraubt wurde. Gleich werde ich hören, was mir gestohlen wurde, und ich weiß nicht, ob ich das überlebe.« Diesmal versagte ihr die Stimme wirklich und diesmal brach sie ohne jeden Zweifel in echtes Schluchzen aus.

Doch ihre Gegnerin ging exakt genau so vor.

»Ich bin es, die ihres Lebens beraubt wurde«, sagte Joanna. »Und wie ich gerade gehört habe, wie jemand ganz unverfroren aus meinem Leben vorliest, das er sich angeeignet hat, da dachte ich, daß ich sterbe.« Und Joanna las ihre Trinkerbeichte auf genau dieselbe Art wie Marianna vor, auf dieselbe Art brach ihre Stimme, mit denselben Bewegungen wischte sie sich dieselben vermeintlichen oder echten Tränen ab, mehr noch, um die groteske Symmetrie zu verstärken, wischten sich beide die Augen mit gleichartigen blaßrosa Spitzentüchern ab.

Joannas Version klang mehr oder weniger so: »Es war Mitte November 1997. Ich wachte um drei Uhr nachts auf und fühlte mich schrecklich. Der Kater war fürchterlich, was kein Wunder war, denn den ganzen Tag zuvor hatte ich getrunken. Ich zitterte an allen Gliedern und war schweißgebadet. Ich wußte, daß ich überhaupt kein Geld hatte. Ich wohnte damals mit meiner Schwester und ihrem Mann und ich war mir ziemlich sicher, daß mein Schwager Geld hatte. Mein Schwager trank fast überhaupt nicht und hatte immer Geld.

Vorsichtig, um sie nicht zu wecken, öffnete ich die Tür zu ihrem Zimmer und ging auf Zehenspitzen hinein. Mein Schwager hängte seine Kleidung immer ordentlich im Schrank auf, und ich wußte, daß ich dort suchen mußte. Ich hatte aber Angst, daß die Schranktür knarren würde, wenn ich sie aufmachte, und meine Schwester oder mein Schwager oder beide zugleich aufwachen würden. Doch es gelang, der Schrank ließ sich geräuschlos öffnen. In einem der Sakkos des Schwagers ertastete ich den Geldbeutel. Ohne ihn aus der Tasche zu nehmen, zog ich blindlings einen Geldschein heraus. Ich wußte nicht, was es für ein Schein war, und fürchtete, sein Wert könnte allzu niedrig sein. Als ich aber wieder in meinem Zimmer war und nachschaute, stellte sich heraus, daß es mir gelungen war, ganze hundert Złoty herauszuholen, was mich freute, mir aber auch ein bißchen Angst einjagte. Ich hatte nun zwar überreichlich Geld, doch gleichzeitig die Befürchtung, daß der Schwager das Fehlen einer so bedeutenden Summe bemerken könnte. Meine Verunsicherung dauerte allerdings nicht lange, die Möglichkeit, zurück ins Zimmer zu meinem Schwager und meiner Schwester zu gehen, den Hundertzłotyschein in den Geldbeutel des Schwagers zu tun und zu versuchen, einen kleineren Schein zu finden, zog ich nicht einmal in Erwägung. Ich kleidete mich leise an, verließ die Wohnung und fuhr mit dem Aufzug ins Erdgeschoß, denn zufällig befindet sich im Erdgeschoß unseres Hochhauses ein Nachtgeschäft. Ich ging hinein und kaufte Sekt. Weil mein Durst nach Alkohol furchtbar war, und weil ich Angst hatte, daß der Korken knallen und die schlafenden Mitbewohner wecken könnte, wenn ich den Sekt aufmachen würde, öffnete ich ihn vor der Aufzugtür. Meine Befürchtungen waren unbegründet, der

Korken knallte sowieso nicht. Ich stieg in den Aufzug und drückte alle zwölf Knöpfe, wir wohnen nämlich im zwölften Stock. Dadurch hielt der Aufzug ständig an, und die ganze lange, dauernd von Zwischenstops unterbrochene Fahrt über trank ich Sekt. Ich hatte aber wohl zu gierig getrunken, denn als der Aufzug endlich im zwölften Stock angekommen war, stellte sich heraus, daß in der Flasche nur mehr ganz wenig Sekt war. Weil ich noch ziemlich viel Geld hatte, und das getrunkene Prickelwasser mich schon ganz fröhlich gemacht hatte, beschloß ich, zusätzliche Einkäufe zu machen. Ich fuhr also noch einmal nach unten und ging noch einmal in das Nachtgeschäft.

Diesmal kaufte ich zwei Viertelflaschen Wodka. Eine wollte ich für schwarze Stunden aufheben, die andere mit Cola vermischen, von der ich auch eine Halbliterflasche kaufte. Nachdem ich zurück in der Wohnung war, verhielt ich mich immer noch vorsichtig, war aber schon ein bißchen lockerer. Einen Teil der Cola trank ich, einen Teil schüttete ich in den Ausguß, ich versuchte, es so hinzukriegen, daß in der Flasche genau die Hälfte blieb, was mir auch gelang. Zu dem Viertel Cola gab ich das Viertel Wodka, so daß es aussah, als tränke ich nur Cola. Die leere Wodkaflasche versteckte ich hinter dem Kühlschrank. Das vermeintliche Cola, das ich neben mein Schlafsofa stellen und in der Nacht trinken wollte, sah ein bißchen blaß aus, aber ich machte mir nichts daraus, mein Schwager war ein Fanatiker gesunder Ernährung, trank keinerlei Getränke mit Kohlensäure und wußte ganz bestimmt nicht genau, was Cola wirklich für einen Geschmack und welche Farbe es hat. Vor der Schwester hatte ich keine Angst, ich wußte, daß sie notfalls zu mir halten oder mich zumindest decken würde. Ich legte mich hin und jedesmal, wenn ich kurz aufwachte, trank ich ein bißchen, so daß ich eigentlich die ganze Nacht durch gut schlief. In der Frühe stellte sich heraus, daß der Schwager zwar den Verlust des Hundertzłotyscheins nicht bemerkt hatte und auch nicht die andere Farbe der Cola, von der im übrigen auch nur noch ganz wenig übrig war, dafür machte mir meine Schwester ohne jeden Grund ein Riesentheater. Wortlos packte ich meine Sachen und verließ dieses unfreundliche Haus. Ich machte mir keine Gedanken, denn ich hatte noch ungefähr vierzig Złoty und auf dem Boden meiner Tasche lag ein Viertel Wodka.

Ich weiß nicht, wohin mich meine Wanderungen geführt haben, ich weiß nicht, wie lange meine Sauftour gedauert hat, ich weiß nicht, wie ich hierher gekommen bin. Jedenfalls will ich jetzt unbedingt aufhören zu trinken.«

Die Diskussion, die nach dem Auftritt beider Autorinnen begann und die sich entgegen aller Erwartungen schwerfällig anließ, verfolgte ich mit verkrampftem Herzen. Der Meistgesuchte Terrorist der Welt sprach sich für Joanna aus, die Königin von Kent für Marianna. Schwester Viola unterstrich sowohl die therapeutische Sinnlosigkeit wie auch die ethische Verwerflichkeit gegenseitigen Abschreibens. Christoph Kolumbus der Entdecker stellte fest, daß Abschreiben zwar böse sei, doch daß dieses Böse vielleicht auch sein Gutes habe, einen guten, wenn auch vielleicht unbewußten Willen nämlich, denn es ließe sich nicht ausschließen, daß die Autorinnen in ihren Arbeiten die gewissermaßen zwillingsgleiche Nähe ihrer Abenteuer und das Gemeinsame ihrer Schicksale entdeckt hätten. Doktor Granada und der Therapeut Moses alias Ich, Der Alkohol schwiegen.

»Im Jahre 1985 konnte niemand auch nur irgendeine Flasche für fünfzig Złoty kaufen«, meldete sich schließlich Don Juan Ziobro zu Wort, der an der Wand saß und den Streit damit allem Anschein nach zugunsten von Joanna entschied.

Ich hörte mir das Verdikt mit verkrampftem Herzen an und schwieg, obwohl ich das Wort hätte ergreifen sollen, ja, ganz bestimmt und auf jeden Fall, denn schließlich war ich der Autor beider umstrittenen Arbeiten.

Als man mich auf die Delirantenstation gebracht hatte, trug ich ein nach Erbrochenem stinkendes Hemd und Hosen, die sich nur mehr dazu eigneten, im Heizkessel verbrannt zu werden. Ich besaß keinen Groschen, hatte keine einzige Zigarette und keine Unterwäsche, weder Seife noch Zahnbürste, ich hatte nichts. Doch schon nach einer Woche und in jedem Falle nach zwei Wochen begann ich in allen Gütern dieser Welt zu schwimmen. Jetzt nach sechs Monaten (dabei zähle ich nicht die Unterbrechungen, nach denen ich ohne Erinnerungen hierher zurückgekommen bin) trage ich einen grasgrünen, eleganten Trainingsanzug. In der Brusttasche des Oberteils klappern die Fünfzłotystücke, auf dem Nachttisch stapeln sich Bananen, Orangen, Schokoladenbonbons und andere Viktualien. Wenn ich die Schublade öffne, kommen nahezu unendliche Vorräte an Zigaretten zum Vorschein. Jede Schokolade, jedes Fünfzłotystück, jedes Päckchen Camel, jede Dose mit Ananaskompott bedeutet mindestens ein von mir geschriebenes Delirantengeständnis oder Gefühlstagebuch.

Als sich die Nachricht auf der Station verbreitete (und sie verbreitete sich, wenn nicht mit Blitzgeschwindigkeit, dann in Windeseile), daß ich mich im Zivilberuf mit Schreiben beschäftigte, fingen die im Schreiben weniger geübten Deliranten an, sich massenhaft an mich zu wenden und baten mich um, selbstverständlich nicht unentgeltliche, Hilfe. Ich aber half ihnen reinen Gewissens. Ich schrieb nicht so sehr an ihrer Statt, vielmehr übertrug ich ihre Reden aufs Papier. (Natürlich gab es Fälle, wo etwas in jemandes Namen geändert werden mußte – im Namen des Meistgesuchten Terroristen der Welt zum Beispiel mußte alles von A bis Z geschrieben werden – doch im allgemeinen schrieb ich nach ihrem unbewußten Diktat. Sie erzählten die ihrem Leben entnommenen Geschichten, ich dagegen, der ich nur kleine stilistische Änderungen anbrachte, notierte praktisch Wort für Wort, was sie sagten.) Schließlich ist die Tatsache kein großes Geheimnis, weder ein literarisches noch ein existentielles, daß alle reden können, während nur wenige ihre Rede auch aufzuschreiben in der Lage sind. Ja, so manches Mal stilisierte ich ihre allzu glatte Sprache, damit sie die notwendige und dadurch glaubwürdigere Holprigkeit des Stils bekam, doch wenn diese Stilisierungen für jemanden Bedeutung oder Einfluß hatten, dann war dieser Mensch ich, nicht sie.

Ich war folglich kein Schriftsteller, der auf der Delirantenstation mit fremden Namen unterschriebene Fiktionen verfaßte. Ich war der Sekretär ihrer Gemüter. Sowohl Joanna als auch Marianna hatten mir ihre nächtlichen Alpträume diktiert, ich aber – da bin ich mir sicher – habe diese Alpträume wortwörtlich niedergeschrieben. Und ich bin mir sicher, daß Marianna mit großer Erregung, mit großer Gewißheit und noch immer mit großer Angst davon gesprochen hatte, wie sie der Tasche ihres Mannes einen Fünfzigzłotyschein entnahm.

5
PROLEGOMENA ZU EINER IDEALEN ORDNUNG

Angeblich zeugt ein übertriebener Ordnungssinn von einem schlechten Zustand der Nerven, in meinem Fall stimmt das: Ich habe einen übertriebenen Ordnungssinn und bin mit meinen Nerven am Ende. Die Gegenstände greifen einen unaufhörlich an, man muß ihnen die Stirn bieten, früher oder später wird das zu einem vergeblichen Kampf gegen Windmühlen, doch für eine kurze Weile, auf dem bescheidenen Gebiet von achtundvierzig Quadratmetern (zwei Zimmer mit Küche) kann man gegen sie ankommen. Außerdem: Man vergißt ganz einfach, wo man was hingelegt hat. Ich führe keine großsprecherischen Argumente an, verkünde nicht mit clownesker Aufgeblasenheit, daß es schädlich sei für jemanden, der damit beschäftigt ist, einen Gedanken von allergrößter Wichtigkeit zu entdecken, ständig an Nebensächlichkeiten zu denken, das sage ich nicht, obschon es vielleicht wahr ist, ich sage es nicht, obschon es fast ganz bestimmt nicht wahr ist.

War der Apfel, der Isaak Newton auf den Kopf fiel, eine Nebensächlichkeit oder nicht? Eine kosmische Nebensächlichkeit? Es gibt keine anderen als kosmische Nebensächlichkeiten. Aber hunderttausend Fuhren Fässer auch! Man muß nicht immer gleich die Grundprinzipien des Kosmos zur Rechtfertigung ins Feld führen, wenn einem ständig die Feuerzeuge verlorengehen, die Geldbeutel, Ausweise, Füllfederhalter, Kugelschreiber, Manuskripte, Bücher, Strümpfe, Aschenbecher, Schals, Handschuhe *und so weiter*. So wie man in dieser Sache, in der Sache des Chaos der Gegenstände, das Argument der »gewichtigen Reflexionen« nicht heranziehen muß. Der immerwährende Gedanke an Nebensächlichkeiten muß von den »gewichtigen Reflexionen« nicht ablenken, es reicht, daß er von den alltäglichen Reflexionen ablenkt, und er lenkt von ihnen auf geradezu ruinöse Weise ab, wenn man in ganzen Sätzen reflektiert. Ich zum Beispiel reflektiere in ganzen Sätzen. Mehr noch: Mit verzweifelter Hartnäckigkeit halte ich mich durch das Denken in ganzen Sätzen am Leben. Dabei ist das kein graphomanes Literaturtraining – das Denken in ganzen Sätzen hat für die Literatur vielmehr erstrangige Bedeutung. Mit spürbarem Bedauern denke ich an den Augenblick, wenn die letzten Absätze, Sätze und Satzfragmente in meinem Kopf verschwinden und nur mehr unleserliche Handschriften, Namensgespenster, Halluzinationen übrigbleiben, das Ende. Die heroischkomische Wahl zwischen Demenz und Tod erheitert mich nicht im geringsten.

Wenn man demnach auch nur in einzelnen, kurzen und unverschachtelten, aber immerhin ganzen Sätzen denkt, dann geht es doch auch nicht, immerfort an Nebensächlichkeiten zu denken, zum Beispiel daran, wo man die Schlüssel hingelegt hat. Schlüssel müssen an ihrem Platz sein. Vielleicht wäre der ständige Bau von Sätzen über verlorene Schlüssel eine für Auserwählte frappierende Literatur, doch mit frappierender Literatur für Auserwählte muß man sparsam umgehen. Schlüssel müssen an ihrem Platz sein. Schlüssel müssen an ihrem Platz sein? Mein Gott, mein Gott, der Du alles für mich tust, mein Gott, verfasse ich am Ende gar nur dafür das Traktat meiner Verzweiflung? Vergeude ich am Ende nur dafür die Zeit mit der Feder in der Hand? Dafür, daß mein überempfindlich gewordenes Hirn die Newtonsche Wahrheit entdeckt, daß Schlüssel an ihrem Platz sein müssen? Für eine solche Wahrheit habe ich mein Leben verspielt? Für eine solche Wahrheit zittern mir die Hände und sträubt sich mir die Leber? Für eine solche Wahrheit habe ich den Boden des Abgrunds erreicht? Andererseits müssen Schlüssel an ihrem Platz sein. Hätte Katastrophen-Asia die Schlüssel an ihren Platz gelegt, dann hätte ich sie geliebt, dann wäre sie die Liebe meines Lebens, die Liebe meines Lebensabends, dann wären wir zusammen.

6

KATASTROPHEN-ASIA

Katastrophen-Asia war schön, klug und hochgewachsen. Lauter Vorzüge. Außerdem, was für mich erstrangige Bedeutung hat, kleidete sie sich erstklassig und benutzte erstklassige Kosmetika. Doch Katastrophen-Asia kam in die Wohnung und, plopp, der Mantel, plopp, die Schuhe, plopp, das Täschchen. Nach einer Viertelstunde dieses Treibens auf meinem Territorium (das von ihr bewohnte Territorium – ein Jungmädchenzimmer in einer Vorstadtvilla – läßt sich gar nicht beschreiben), begann ... Im ersten Schwung wollte ich schreiben: die Apokalypse, aber nein, erstens klänge das nach meinem Geschmack allzu witzig – die Apokalypse nach dem Durchzug der Katastrophe; zum andern wäre es nicht die Wahrheit, nicht die Apokalypse begann, es begann der Karneval, im übrigen hundert Mal unangenehmer als die Apokalypse. Nach der Apokalypse gäbe es bestimmt nichts mehr, was man hätte aufräumen müssen, nach dem Durchzug von Katastrophen-Asia brauchten ich und die zu mir gehörenden Gegenstände lange, um wieder zu uns zu kommen.

Plopp, der Schal, plopp, das Halstuch, plopp, die Tasse, plopp, die Bluse, plopp, die Zeitung, plopp, ein Buch, plopp, der Rock. »Asia«, erklärte ich geduldig, »Freiheit besteht nicht darin, daß man seine Ausgehschuhe mitten im Zimmer herumliegen läßt.«

Wäre dieses ganze Durcheinander nur und ausschließlich Zeichen einer heißhungrigen Sinnlichkeit gewesen, wäre alles halb so schlimm. Unsere ausgehungerten Körper werfen sich aufeinander, reißen sich die Garderobe vom Leib und wie in einem französischen oder amerikanischen Liebesfilm markieren die auf einem üppigen, smaragdfarbenen Teppich liegenden Pumps, das Kleid, die Strumpfhosen, das Hemd, schwarze Jeans, spitzenbesetzte Unterhöschen und Boxershorts den Pfad, der in das Hollywoodbett führt. Doch Asia verursachte um sich herum nicht nur auf dem Weg zum Bett Unordnung, auf dem Weg zum Bett machte sie (machten wir) gerade weniger Unordnung, unsere Sinnlichkeit war heißhungrig, doch beide kannten wir die Grundsätze der Kunst, und mit dem Ziel die Sinnlichkeit zu steigern, schränkten wir den Heißhunger ein – erster Grundsatz: keine Eile. So oder so, den ganzen Tag und die ganze Nacht, also eine ganze Ewigkeit lang, lagen die Ausgehpumps in der Mitte des Zimmers. Und auch die Haarklammer, der Aschenbecher, die denkmalgeschützte Milchflasche, der Schreibstift, das Palmolive-Shampoo, die *Gazeta Wyborcza* von gestern, ein feuchtes Handtuch, das Einwickelpapier einer Milkaschokolade, leere Chipbeutel, leere Verpackungen aller Art, alles.

Ach, Katastrophen-Asia war nicht auf den Kopf gefallen und wußte bestens, daß Freiheit nicht darin bestand, die Ausgehpumps mitten im Zimmer liegen zu lassen. Mit Asia konnte man lange und anregend über den Begriff der Freiheit und auch über andere Begriffe diskutieren. Asia studierte Wirtschaftswissenschaften und Kunst, sie kam aus einem sehr guten Hause. Ihr Vater, Direktor eines elitären Gymnasiums, war studierter Historiker und, wie sich nach dem Untergang des Kommunismus herausstellte, Besitzer von Mietshäusern und den dazugehörigen Grundstücken, ihre Mutter war eine Zahnärztin mit langjähriger Berufserfahrung und einer Praxis im Herzen der Altstadt; distinguiert, gepflegt, erstickend verlockend in ihrer Überreife.

Während des einen einzigen sonntäglichen Mittagessens in der Vorstadtvilla der Katastrophen-Familie hatte ich kein reines Gewissen. Was sage ich: Ich hatte nicht nur kein reines Gewissen, ich hatte ein extrem unreines Gewissen und war wie ein hungriger Wolf. Ich verschlang die Speisen mit Wolfshunger und wölfisch stierte ich meine künftige Schwiegermutter an, die meine Schwiegermutter nie wurde. Sie trug ein luftiges gelbes Kleid, gelbe Kleider aber bringen mich immer völlig aus der Fassung. Ich aß Brühe mit Koldunen, Kalbszunge in Aspik, Kalbsbraten mit Preiselbeeren, Obstsalat und Eis. Ich aß und traktierte meine Kehle mit einem ungestümen Lied, das in mir aufstieg. Ich war in phantastischer Form, trank überhaupt nicht, ich trank nichts außer kohlensäurefreiem Mineralwasser (unter den Kommis gab es kein kohlensäurefreies Mineralwasser), ich trank zum Mittagessen nicht einen Tropfen Wein, ich trank keinen Fingerhut Likör zum Nachtisch, mit dem zum Kaffee gereichten Cognac benetzte ich nicht einmal meine Lippen, am Nachmittag, klare Sache, trank ich auch nicht das Gläschen Jack Daniels, das mir der Hausherr anbot. Ich trank überhaupt nicht und das Nichttrinken störte mich überhaupt nicht, ich war in Hochform, hörte zu, redete, ich zügelte die Entstehung einer detailliert ausgestatteten pornographischen Novelle in meinem Kopf über den gleichzeitigen Genuß von Mutter und Tochter, ich zügelte sie nicht so weit, daß sie völlig verloschen wäre, ich zügelte sie, damit sie nicht völlig von mir Besitz ergriff, doch im Hintergrund meiner Empfindungen kokelte sie von alleine weiter. Ich nahm regen Anteil an dem Gespräch und hörte mit ungespielter Aufmerksamkeit den Bekenntnissen der Gastgeber bezüglich ihrer gar nicht einmal beschränkten literarischen Interessen zu. Im Falle des Katastrophenherrn war es deutschsprachige Literatur unter besonderer Berücksichtigung der Österreicher des 20. Jahrhunderts, im Falle der Katastrophenfrau – lateinamerikanische Literatur ohne besondere Berücksichtigungen, bei Asia – russische und amerikanische Literatur unter besonderer Berücksichtigung von Vladimir Nabokov. Ich hörte zu, redete, und wo es um Nabokov ging, steuerte ich den in meiner Situation bravourösen Gedanken bei, daß er ein Schriftsteller sei, dessen höllische, dunkle Empfindsamkeit und hochkünstlerische Beherrschung der eisigen Form ihn in idealer Weise prädestinierte, in Romanform die Studie von Lastern zu betreiben. Leider, fügte ich mit kenntnisreicher Frivolität hinzu, erwiesen sich die Gerüchte über einen ausgeprägten Alkoholismus des Schriftstellers als unwahr. Ich hörte zu, redete, bekannte mich zu meinen literarischen Vorlieben, und in der Abenddämmerung war ich dann in Asias Jungmädchenzimmer.

»Siehst du, wie schön ich aufgeräumt habe«, flüsterte Asia. »Für dich, für dich habe ich Ordnung gemacht.«

Tatsächlich herrschte in dem Zimmer eine erschrekkende Symmetrie, die nicht nur im Widerspruch zu Asias Natur, sondern überhaupt zur menschlichen Natur stand. Mit bloßem Auge konnte man sehen, daß hier eine Fassade errichtet worden war, ein Potemkinsches Monument vorbildlicher Ordnung, das alsbald einstürzen würde.

»Asia, ich liebe dich im Chaos, ich liebe dich inmitten all deiner durcheinandergeworfenen Sachen.«

Doch Asia, die ganz offensichtlich von der neu entdeckten Kunst der harmonischen Anordnung der Gegenstände beflügelt war, schenkte der poetischen Tiefe meiner Liebeserklärung keine Beachtung oder verstand sie nicht.

»Sogar die Schlüssel«, flüsterte sie mit kindlichem Eifer, »sogar die Schlüssel lege ich jetzt an ihren Platz. Und heute früh, stell dir vor, konnte ich sie nicht finden, ich konnte die Schlüssel nicht finden, weil ich vergessen hatte, daß ich sie an ihren Platz gelegt hatte.«

Ich spürte, wie es mir vor Rührung die Kehle zuschnürte, mich rührte die plötzliche Gewißheit, daß ich den Rest meines Lebens mit Katastrophen-Asia verbringen würde.

»Ich liebe dich«, wiederholte ich. »Ich liebe dich ohne Rücksicht darauf, wohin du die Schlüssel legst.«

»Komm«, sagte Asia und nahm mich bei der Hand und führte mich über eine Treppe in den ersten Stock des Anwesens und führte mich einen langen Flur entlang und öffnete am Ende des Flurs eine Tür. Vor mir erblickte ich ein noch unmöbliertes Zimmer mit weißen Wänden. Es war hell und gemütlich. Vor dem Fenster erstreckte sich eine Aussicht, von der jeder Graphoman nur hätte träumen können: Unten lag die erkühlende Stadt, über ihr verdichteten sich die schwülen Luftmassen, das asiatische Gras der Dunkelheit überwucherte die Gassen und Winkel, in der Ferne gingen in einigen Fenstern die ersten Lichter an.

»Hier wirst du deinen Sessel haben, deine Regale, Bücher und deinen Schreibtisch, hier wirst du schreiben können«, sagte Asia. Ich aber verstand, daß die große, unwiderrufliche Veränderung, auf die ich seit Jahren gewartet hatte und an deren Kommen ich nach Jahren zu zweifeln begonnen hatte, nun endlich eingetreten war. Ich verstand, daß sich mein Leben verändern, daß es besser werden würde, und ganz vorsichtig, so als nähme ich die mir ein neues Leben spendende Seele in die Arme, ganz vorsichtig umarmte ich Asia.

Sehr spät am Abend, als alle Erwachsenen längst schliefen und als auf unserem Teil der Erde viele Lichter erloschen, bestellte ich per Telefon ein Taxi (unter den Kommis gab es keine Taxis per Telefon), die reizend gähnende Asia begleitete mich durch den Garten, vor dem Gartentor wartete bereits ein weißer Mercedes, schlaf wohl, Asia. Das Taxi fuhr durch die dunklen Randgebiete der Stadt, leere Felder zu beiden Seiten, gebrechliche Wände von Häusern, ich war voll Anerkennung für die ganze Welt, es gefiel mir sogar, daß das Taxi ein weißer Mercedes war.

Ich saß bequem ausgestreckt da und schaute interessiert zu den beleuchteten Fenstern. Schon immer hatten mich Fenster frappiert, in denen spät in der Nacht Licht brannte, jemand die ganze Nacht hindurch das Buch seines Lebens las, jemand starb, jemand mit einem fürchterlichen Husten kämpfte, jemand mit einem Schrei aus einem Alptraum erwachte, jemand jemanden in die Arme nahm, jemand ein Beruhigungsmittel nahm, jemand aus Sehnsucht weinte, jemand ins Badezimmer ging. Ich schaute auf die Uhr, es war drei Uhr morgens, oben glitten die Sternbilder wie Wanderdünen dahin, wir hielten kurz bei einem Nachtgeschäft an und fuhren dann weiter eine leere, zweispurige Straße entlang. In meinem dunklen Hochhaus wachte niemand, niemand starb, niemand las ein atemberaubendes Buch, doch dann waren das ja auch die letzten Augenblicke des allgemeinen Schlafens, gleich würde im zwölften Stock das Licht angehen. Und das Licht im zwölften Stock ging an und es brannte ohne Unterbrechung vierzig Tage und Nächte lang, vierzig Tage und Nächte lang trank ich ohne Unterbrechung. Über meinem bewußtlosen Körper brannte die Glühbirne, die Morgenstunden kamen, die Abende brachen herein, meine bewußtlose Hand langte nach der Flasche und goß Wodka in die bewußtlose Kehle, mein Leintuch und meine Haut wuchsen mit einem Chitinpanzer aus Erbrochenem zu, durch mein Haus zog eine Vernichtung nach der anderen. Mein Gott, die Unordnung, die Katastrophen-Asia anrichtete, war eine vorbildliche Ordnung im Vergleich zu dem, was ich anrichtete, wenn ich auf allen Vieren herumkroch und nach der für schwarze Stunden versteckten Flasche suchte (deren Inhalt natürlich längst in meinen erstarrten Innereien verschwunden war, die schwarze Stunde war längst gewesen, alle folgenden Stunden waren ebenfalls schwarz, eine schwärzer als die andere), oder wenn ich in einem klebrigen Aufblitzen des Wachseins zum Telefon robbte, um meine rituellen Bestellungen aufzugeben. Bitte zwei Flaschen Pfirsichschnaps Premium und eine große Flasche Cola. Ich nenne meine Adresse. Unter den Kommis gab es keine Einkäufe per Telefon.

7

DER ALLERERSTE ANFANG

Der Anfang, der allererste Anfang, der Anfang aus solcher Nähe erzählt, daß das Bild grobkörnig wird, der Anfang dieses oder, um die Wahrheit zu sagen, jedes beliebigen Trinkens, folglich der Anfang des universellen Trinkens, der Anfang des überzeitlichen Trinkens, der Anfang des allumfassenden Trinkens, der Anfang des *Buches Genesis* des Trinkens aber ist folgender: Die Erde war wüst und wirr und der Geist schwebte über dem Wasser, und ich bezahlte den Taxifahrer, stieg aus dem Taxi und prüfte Hunderte von Malen, ob meine Tasche auch sicher an meiner Schulter hing, und ich fuhr mit dem Aufzug in den zwölften Stock, und ich drehte den Schlüssel im Schloß, und ich machte das Licht an – auf der Wanduhr war es siebzehn nach drei. Unvermittelt beschleunigte ich meine Schritte, ja, ich durchmaß die zwei Zimmer mit der Küche schnellen Schritts, ich beeilte mich sehr und alle meine Bewegungen waren ungeheuer schnell, nicht etwa, weil keine

Zeit war, Zeit war genügend, doch auf eine sichtbare und erstickende Weise stellte sich ein Zögern ein, ich steigere nicht die Bildhaftigkeit mit einem die Wahrheit strapazierenden Effekt und ich sage nicht, daß aus den Ecken Dämonen des Zögerns hervorkrochen, nein, so war es nicht, doch ganz ohne Zweifel war es um mich her enger, dunkler und irgendwie auch gelber, ja, es war enger, dunkler und gelber, schließlich kennen selbst Abstinenzler den Begriff der würgenden Aura, schließlich fehlt auch Abstinenzlern manchmal die Luft, und sie atmen heftiger und vollführen spasmotische Bewegungen, als versuchten sie, eine würgende Schlinge zu zerreißen, als wollten sie die sich verdichtenden Zustände der Konzentration zerteilen. In den letzten Sekunden meines Nichttrinkens kam es zu einer analogen Erscheinung, nur daß sie tausend Mal stärker war. Es war mir nicht zum Ersticken – ich erstickte. Ich machte keine panischen oder heftigen Bewegungen – ich vollführte den Veitstanz eines Besessenen. Obgleich es auch das nicht trifft, ich handelte logisch, in meinem Wahnsinn war eisige Methode, die Schnelligkeit meiner Bewegungen war verrückt, alles lief in wahnsinnigem Tempo ab, doch weiterhin mit skrupulöser Vorsicht, ich stellte die Tasche auf den Schreibtisch, öffnete sie und entnahm ihr das, was darin war, ich stellte Gläser bereit, den Aschenbecher, ich zog mich blitzschnell um und einen bequemen, warmen Trainingsanzug an – noch war Zeit, noch ließe sich das schon entfachte Feuer löschen, noch konnte man die beiden im Nachtladen gekauften Flaschen in den Ausguß schütten, sie in den Müll werfen, oder sie sogar durch das geöffnete Fenster schmeißen, und gerade diese Möglichkeit, der Schatten dieser Möglichkeit, machte die Situation in unsäglicher Weise dramatischer, denn es ging ja nicht darum, daß es noch eine wirkliche Wahl zwischen dem Trinken und dem Nichttrinken gegeben hätte, nein, diese Wahl bestand schon lange nicht mehr (ehrlich gesagt, diese Wahl hat es seit mindestens zwanzig Jahren nicht mehr gegeben), doch konnte man durch komödiantisches Getue noch immer so tun, als gebe es diese Wahl, und gar nicht zwischen Trinken und Nichttrinken schwanken, sondern mit dem Wissen, daß man im Grunde mit dem Nichttrinken schon aufgehört hat, den Weg zum Trinken wie ein Märtyrer verlängern. Ich warf mich hin und her und – ja, es ist wahr – dachte noch ans Nichttrinken, doch dachte ich ans Nichttrinken wie ein Mensch an Selbstmord denkt, der ganz bestimmt keinen Selbstmord begeht: Die Ausdruckskraft der Vorstellungen hat mit der Wirklichkeit nichts gemein. Du kannst oft an Selbstmord denken, du kannst die verschiedenen Arten des Selbstmords in allen Einzelheiten sehen, kannst dir verbissen vorstellen, wie dein eigener Leichnam vom Balken auf dem Speicher hängt, doch in der Tiefe deiner Seele weißt du, daß du es nicht tun wirst. Ja. In der Tiefe meiner Seele wußte ich, daß ich es nicht tun würde. Wenn ich es täte, wenn ich, Gott verhüte es, die beiden im Nachtgeschäft gekauften Flaschen in den Ausguß schütten oder zum Fenster hinauswerfen würde, was hätte ich mit meinem lästerlichen und pharisäerhaften Tun erreicht? Nichts. Ich müßte meinen bequemen, warmen Trainingsanzug ausziehen, ich müßte mich von neuem ankleiden, von neuem meine Schuhe und Ausgehkleider anziehen, in denen ich bei der Katastrophenfamilie zu Gast gewesen war, zu Fuß in jenes oder in ein anderes Nachtgeschäft gehen oder mit dem Taxi dorthin fahren und weiter wäre es dann noch schlimmer, aus Wut auf mich selbst, aus Wut, daß ich mich zu dieser lästerlichen und pharisäerhaften Tat hatte hinreißen lassen und dadurch in falsche Schwierigkeiten geraten war, aus Wut auf die mich von allen Seiten umgebende Verlogenheit, hätte ich nicht zwei, sondern vier Flaschen Wodka gekauft und wieder zu Fuß oder mit dem Taxi, und wieder mich Hunderte von Malen versichernd, ob meine jetzt doppelt so schwere Tasche sicher auf meiner Schulter hinge, würde ich nach Hause zurückkehren, würde ich mit dem Aufzug in den zwölften Stock fahren, den Schlüssel im Schloß umdrehen und das Licht anmachen. Das Spielchen, die dem Anschein nach möglichen, in Wirklichkeit jedoch völlig ausgeschlossenen Ereignisse zu vermehren, könnte in alle Ewigkeit weitergehen, schließlich könnte ich jetzt alle vier Flaschen in den Ausguß schütten oder aus dem Fenster werfen und noch einmal Schritt für Schritt die ganze Tour wiederholen, und noch einmal, und noch einmal, diese alptraumhafte Kinderei mußte unbedingt unterbrochen werden, man mußte der Wahrheit standhaft in die Augen blicken, und die Wahrheit bestand nicht darin, daß ich den Wodka in den Ausguß schüttete oder die Flaschen zum Fenster hinauswarf – die Wahrheit bestand im Trinken. Ich bewegte mich mit ungewöhnlicher Geschwindigkeit, denn es ging darum, so schnell wie nur irgend möglich, die erste Dosis Wahrheit in sich hineinzukippen und die quälende Rhetorik abzutöten. Man muß so schnell wie nur irgend möglich mit der bewußten Literatur ewiger Zweifel aufhören und das unerschütterliche, bewußtlose Leben wählen.

8
CHRISTOPH KOLUMBUS DER ENTDECKER

Immer zu Ende eines Aufenthalts auf der Delirantenstation schuf ich eine gewisse Ordnung um mich, und auch wenn es die Ordnung einer geschlossenen Station war, so war es doch eine Ordnung und der Übergang von der Ordnung einer geschlossenen Station zur Unordnung der offenen Welt, schlicht ausgedrückt: die Rückkehr aus der Klinik nach Hause war mir ohne die Stärkung durch ein paar tiefe Schlucke unmöglich.

»Typischer Entlassungsstreß«, sagte Doktor Granada. »Sie halten den Entlassungsstreß nicht aus. Sie sind dem Anschein nach in guter Form, doch halten Sie den Entlassungsstreß nicht aus.«

In der Tat, ich hielt den Entlassungsstreß nicht aus, weshalb ich den Entlassungsstreß auf ein Minimum reduzierte. Die Fahrt mit dem Taxi von der Delirantenstation dauerte ungefähr zwanzig Minuten, danach aber, nach der qualvollen Fahrt und nachdem ich vier stabilisierende Gläschen Wodka ausgetrunken und mir eine Flasche Wodka besorgt hatte, spürte ich keinen Entlassungsstreß mehr, ja, ich spürte überhaupt keinen Streß mehr, und wenn ich mich wieder ein bißchen schlechter fühlte, trank ich etwas und fühlte mich besser, und das ist alles, die ganze Philosophie, die ganze Philosophie des Trinkens.

»Es gibt keine Philosophie des Trinkens.« Kolumbus der Entdecker, der mit mir das Zimmer teilte, drehte sich im Bett, nahm seine Brille ab, legte die französische Übersetzung des Neuen Testaments auf den Nachttisch und wiederholte im routinierten Tonfall des ungeduldigen Lehrmeisters: »Es gibt keine Philosophie des Trinkens, es gibt einzig eine Technik des Trinkens.«

Kolumbus der Entdecker trieb seit mindestens zwanzig Jahren durch das Meer der Finsternis, und wenn er sich auch nur an einem Gläschen aus den unendlichen Weiten der ozeanischen Wasser verschluckte, verfiel er unweigerlich in mörderische, nicht enden wollende Saufereien. Vor zwei Wochen war er im agonalen Zustand eingeliefert worden und nicht bei uns auf der Delirantenstation, sondern eine Etage tiefer auf der Intensivstation hatte man ihn mit Mühe und wie durch ein Wunder zuerst aus dem Delirium und dann aus der

Fallsucht geholt. Jetzt kam er schon wieder langsam zu sich. Tagsüber spazierte er mit der französischen Übersetzung des Neuen Testaments unter dem Arm über den Flur und gab sowohl durch seine Rede wie auch durch sein Handeln zu verstehen, daß er höchst unzufrieden mit dem Niveau der Pension sei, in der er gelandet war, um seine beschädigten Kräfte wenigstens ein bißchen reparieren zu lassen.

Nächtens jedoch war sein hilfloser Körper nicht in der Lage, auch nur irgendeine Haltung anzunehmen. Die vom Magnesium völlig ausgewaschenen Muskeln der Beine und der Arme krampften sich spasmotisch zusammen. Obwohl ich durch mächtige Dosen Hemineurin in bleiernen Schlaf versetzt wurde, wachte ich einmal plötzlich auf. Kolumbus der Entdecker hüpfte in einer Weise auf seinem Bett herum, die jeglichen Stils entbehrte, wenn in diesem Gehopse irgendein Stil war, dann war es der Stil des nahenden Todes. Ich war mir sicher, daß er sterben würde, auf jeden Fall sah es so aus, es sah sogar noch schlimmer aus, Todesgehüpfe ist mit Sicherheit sanfter.

Ich rief den Arzt und die Krankenschwester. Schwester Viola spritzte Magnesium, jedwede Mineralien, gab ihm Vitamine und Beruhigungsmittel. Doktor Granada beugte sich über Kolumbus den Entdecker, der vergeblich versuchte, seine Erregung zu unterdrücken.

»Wie fühlen Sie sich, Herr Professor?«

Kolumbus der Entdecker war in nüchternem Zustand, in Zivil, außerhalb seiner trinkenden Verkörperung, außerhalb seiner alkoholischen Gestellung, außerhalb seiner wodkalischen Berufung (ach, welch kunstvolle Pyramiden phänomenaler Trunkmetaphern kannst du hier errichten, meine dem Laster verfallene Sprache!), Kolumbus der Entdecker war im täglichen Leben ein Professor der Gesellschaftswissenschaften. Er hatte alle Stufen einer Universitätskarriere erklommen, eine Reihe von Jahren im Ausland gelehrt, er sprach viele westliche Sprachen und erklärte mit der ganzen Verantwortlichkeit des aufgeklärten Gelehrten und mit der ganzen Prinzipialität eines Menschen, der über Jahre *ex cathedra* gesprochen hatte, daß er nicht das geringste Problem mit dem Trinken habe.

»Wie fühlen Sie sich, Herr Professor?«

»Ausgezeichnet, ausgezeichnet«, murmelte Kolumbus der Entdecker. »Ausgezeichnet, es fehlt mir nichts, nur ein Augenblick der Schwäche.«

»Und was meinen Sie, woher dieser Augenblick der Schwäche kommt, womit bringen Sie das in Verbindung?«

»Ich habe wirklich keinen blassen Schimmer, vielleicht bin ich überarbeitet, übermüdet, ich hatte zuletzt sehr viel zu tun.«

Verschlafen, weil aus dem flachen Schlaf der Diensttuenden gerissen, trotzdem eiskalt und professionell in ihren Verrichtungen, hatte Schwester Viola noch immer die Anmut einer gerade erst geweckten Frau; die unmerkliche Aura eines Lächelns oder vielleicht des Ekels huschte über ihre phantastischen Backenknochen.

»Meinen Sie nicht, Herr Professor«, in der Stimme Doktor Granadas war nicht ein Hauch von Ironie oder Zweideutigkeit, »meinen Sie nicht, Herr Professor, daß es erlaubt wäre, Ihren Zustand mit einem gewissen, sagen wir mal, Mißbrauch von Alkohol Ihrerseits in Verbindung zu bringen?«

»In keinem Fall, das ist völlig ausgeschlossen, ich trinke fast gar nicht, ab und zu bei besonderen Anlässen einen Toast oder ein Glas gutes Bier zum Mittagessen ...«

»In jedem Falle, wie ich verstehe« – langsam sammelten sich auf dem hellen Himmelsgewölbe der Stimme Doktor Granadas dunkler werdende Wölkchen – »wie ich verstehe, ist Ihr Aufenthalt in der Klinik, ist Ihr schlechtes Befinden in keiner Weise mit dem Alkohol verbunden?«

»In keiner Weise«, bestätigte Kolumbus der Entdecker

eifrig, doch klang seine Stimme schon nicht mehr so sicher. »In keiner Weise«, wiederholte er, wie wenn er noch einmal darüber nachgedacht hätte, er machte eine Pause, versuchte mit den Zügen seines Gesichts eine plötzliche Eingebung zu imitieren: »Wenngleich, wenngleich mir jetzt einfällt«, sein Körper befreite sich allmählich von den Spasmen und in der ganzen Positur zeichnete sich immer deutlicher die mögliche Bereitschaft zu einem gewissen Einlenken ab.

»Was ist Ihnen eingefallen, Herr Professor?«

»Ja, mir ist eingefallen, daß ich in der Tat auf der letzten Familienfeier vielleicht ein Gläschen zuviel getrunken habe.«

»Ihre Diagnose erschreckt mich durch ihre Treffsicherheit«, sagte Doktor Granada ruhig und brach gleich darauf in einen furiosen Schrei aus: »Ein Gläschen zuviel! Er hat ein Gläschen zuviel getrunken! Das wandelnde Spiritusfaß hat ein Gläschen zuviel getrunken! Er hat zugestanden, daß er vielleicht ein klein wenig übertrieben hat!«

Schwester Viola faßte den Doktor geschickt mit einer Hand unter dem Arm, eine an Tausenden von Patienten geübte Geste, mit der anderen griff sie ihm um die Taille und führte ihn zur Tür, der Doktor aber schrie wie von Sinnen:

»Ein Gläschen zuviel hat er getrunken! Eine unerhörte Sensation! Die Entdeckung Amerikas! Er hat Amerika entdeckt! Christoph Kolumbus, der Entdecker!«

9
GRUNDSÄTZE DER UNFASSBARKEIT

Mich störte die trunkene Heuchelei von Christoph dem Entdecker nicht. Man kann ohne Heuchelei nicht ehrlich trinken. Die Lippen müssen den Trunk verneinen, der gerade die Kehle passiert hat. Bestimmt, um es den Trinkern leichter zu machen, hat der Herrgott in den steinernen Tafeln das Gebot *Du sollst nicht lügen* ausgespart. Das Wort muß das Laster verneinen. Die Lüge ist im Volk der Deliranten eine Ehre, die Wahrheit ist zuerst eine Taktlosigkeit, später eine Beleidigung, zum Schluß – Verzweiflung. Wenn du wirklich trinkst, mußt du allen gegenüber erklären, daß du nicht trinkst; wenn du zugibst, daß du trinkst, heißt das, daß du nicht wirklich trinkst. Das wirklich desperate Trinken findet im Verborgenen statt, wer es offenlegt, kapituliert, bekennt sich zu seiner Hilflosigkeit, und es bleibt ihm das Weinen, das Zähneklappern oder die Treffen der AA.

So oft ich euch sage, daß ich aufgehört habe zu trinken, daß ich nicht trinke, daß ich nach Jahrzehnten für immer ausgenüchtert bin, daß ich das Zeitgefühl wiedererlangt habe, daß ich während der vielen Wochen in dem eiskalten Haus in den Bergen wieder zu mir gekommen bin, so oft dürft ihr mir ruhigen Herzens nicht glauben. Um ehrlich zu sein, glaubt mir kein Wort. Das Wort ist mein Genußmittel, meine Droge und ich habe Gefallen an der Überdosierung gefunden. Die Sprache ist mein zweites, was sage ich: Die Sprache ist mein Hauptlaster.

Ungeachtet dessen, ob ich in nüchternem oder betrunkenem Zustand rede, ob ich sage, daß ich von früh bis spät Pfirsichschnaps getrunken habe, oder ob ich sage, daß ich seit einhundertsechzehn Tagen keinen Tropfen mehr im Mund hatte, ungeachtet dessen, was ich sage, bin ich in dem, was ich sage, selbst für mich unfaßbar. So wie ich in meinem Trinken für mich selbst und für die ganze Welt unfaßbar bin.

So oft ich auch (nehmen wir mal an) nüchtern wie ein Engel die Szewska-Straße entlanggegangen bin, und so oft ich dann noch keine zwanzig Schritte getan hatte, noch bevor zwanzig Sekunden vergangen waren, gerade sechzehn Schritte hatte ich gemacht, sechzehn Sekunden waren vergangen, da trat ich auf den Marktplatz und im nächsten Augenblick, während ich noch auf den Markt trat, verwandelte ich mich erst vom Engel in einen Menschen, dann widerfuhr meinem Menschsein die blitzartige Verwandlung in ein Tier, und in dem Augenblick, wo ich auf den Markt hinaustrat, war ich tierisch besoffen. Was war geschehen? War das silberne Türmchen meiner Seele in sich zusammengefallen? War ein schwarzer Wind aufgekommen und hatte mich in den Abgrund gestoßen und auf einen Barhocker gesetzt? Was war geschehen? Ich weiß es nicht. Mir war mein Nicht-Trinken in der Szewska-Straße genau so unfaßbar, wie das Trinken auf dem Markt.

Ich bin der Fürst der Unfaßbarkeit. Wenn ich sage, daß ich nicht trinke, ist das mit aller Sicherheit nicht wahr, aber wenn ich sage, daß ich trinke, lüge ich vielleicht ebenfalls wie gedruckt. Glaubt mir nicht, glaubt mir nicht. Dem Trinker ist es peinlich, daß er trinkt, aber noch bitterer ist die Peinlichkeit, nicht zu trinken. Was ist das für ein Trinker, der nicht trinkt? Ein mieser. Aber was ist nun besser: mies oder nicht mies? Was steht höher: Miesigkeit oder Nicht-Miesigkeit? Und außerdem: Wenn sich das Trinkerschicksal erfüllt, ist es nicht nur vergeblich, sondern auch taktlos, ja, sogar schändlich, das Trinkerschicksal überwinden zu wollen.

Als der Held Sozialistischer Arbeit, ein bejahrter Schmelzer aus der Sendzimierz-Hütte (ehemals Leninhütte), nach wer weiß wievielen Aufenthalten auf der Delirantenstation endlich seine eigene Hilflosigkeit begriff, als er begriff, daß sein Trinkerschicksal in Erfüllung gegangen war und sich über ihm wie ein Sandhügel über einem Massengrab geschlossen hatte, hielt er verdattert inne und stand tagelang vor der Männertoilette (die Tränen liefen ihm unaufhörlich über die mit grauen Stoppeln bewachsenen Wangen), wie ein Denkmal der Verblüffung stand er vor dem Klo und wiederholte ohne Unterlaß:

»Wie soll man nicht trinken, wo doch alle trinken? Wie soll man nicht trinken, wo doch alle trinken? Wie soll man nicht trinken, wo doch alle trinken? Wie soll man da nicht trinken?«

Und sicher wäre der Unglückliche noch bis zum Jüngsten Tage da gestanden, wäre bis zu seiner Entlassung aus der Delirantenstation dagestanden, wäre dagestanden und hätte geschluchzt, wenn Doktor Granada ihn in einer ganz außergewöhnlich trostlosen Stunde nicht endlich zu sich gerufen hätte, ihn nicht in einen Sessel gesetzt und mehr oder weniger die folgenden Worte an ihn gerichtet hätte:

»Schon bald kommen Sie hier raus, Herr Held, und

wenn Sie es nach Ihrer Entlassung schaffen, nicht zu trinken, dann trinken Sie nicht, dann trinken Sie nicht mit all der Kraft, die Sie haben. Doch verkünden Sie allen ringsum und jedem einzeln, daß Sie trinken. Auf diese Weise vermeiden Sie viele unangenehme, zum Trinken einladende Situationen, vermeiden Sie ein Multum an Schmerz, Leid und Verdruß, ja, sogar Bitternis. Sie vermeiden viele vorwurfsvolle und erwartungsvoll böswillige Blicke. Sie haben, Herr Held, schwer für Ihr Trinkerverdienst gearbeitet, und jetzt wird es besser für Sie und Ihre zerrüttete Gesundheit sein, wenn Sie das Bild, das andere von Ihnen haben, nicht unnötig verkomplizieren. Sie sind als Trinker zu uns gekommen und für Ihr psychisches Wohlbefinden und den Frieden Ihrer herzinnigen Freunde gehen Sie zum Schein als derselbe Trinker von hier fort, auch wenn es in Wahrheit nur die Verkleidung eines Trinkers ist. Trinken Sie bitte nicht, aber behaupten Sie einfach, oder geben Sie mit Hilfe unkomplizierter Andeutungen zu verstehen, daß Sie trinken. Lügen Sie so lange und so sehr Sie nur können. Um so mehr, als Sie über kurz oder lang doch wieder zu trinken anfangen.

Und die Tränen versiegten augenblicklich auf den mit grauen Stoppeln bewachsenen Wangen des Helden Sozialistischer Arbeit, und ein Stein fiel ihm vom Herzen, und er verließ das Zimmer von Doktor Granada mit aufgehelltem Angesicht und beim Hinausgehen leuchtete sein Angesicht gar noch heller über uns.

10

DER FLUSS DER RUHE

Mich störte die trunkene Heuchelei von Christoph dem Entdecker nicht, mich störte nicht einmal sein apodiktischer und in seiner Prinzipialität unerträglicher Ton, unsäglich störte mich dagegen, daß er so manches Mal unleugbar Recht hatte.

»Es gibt keine Philosophie des Trinkens«, wiederholte er. »Es gibt einzig eine Technik des Trinkens. Dagegen gibt es«, mit der unwillkürlichen Geste des Paukers hob er den Finger, »dagegen gibt es eine Philosophie der schlechten Befindlichkeit. Grundsätzlich läßt sich der Sinn der menschlichen Existenz auf das permanente Bemühen zurückführen, die eigene Befindlichkeit zu verbessern. Dem können zum Beispiel eine Ideologie, eine Religion, der technische Fortschritt oder materielle Güter dienen, dem kann ebenso das Trinken dienen, exakter: die gekonnt eingesetzte Technik des Trinkens. Mit anderen Worten, es geht im Leben darum, durch die geeignete Technik des Trinkens in geeigneter Weise die schlechte Befindlichkeit zu korrigieren. Das gelingt mal besser mal schlechter. Wenn das Wohlbefinden so schlecht gerät, daß keine Technik des Trinkens hilft, oder wenn die Technik des Trinkens derart desolat ist und anstatt das Wohlbefinden zu verbessern, selbiges verschlechtert, ja, dann entstehen Probleme. Ich habe keine derartigen Probleme«, fügte er mit Nachdruck hinzu. Er setzte sich die Brille wieder auf, griff nach der französischen Übersetzung des Neuen Testaments und tat so, als läse er darin.

Er hatte auf irritierende, unbestreitbare und fürchterliche Weise Recht. Wenn die Dinge (die Verwendung des nonchalanten Ausdrucks »Technik des Trinkens« fällt mir an dieser Stelle etwas schwer), wenn also die Dinge der Zerrüttung anheimfallen, tauchen aus den immer dunkleren und immer tieferen Strömungen des Flusses, an dessen Ufer du Linderung suchst, früher oder später die Hände von Leichen auf.

Doch vorläufig waren die Wasser rein und klar, sie flossen dahin wie ein Atemzug. Ich hatte die Delirantenstation verlassen, hatte eine zwanzigminütige Fahrt mit dem Taxi und vier stabilisierende Gläser Schnaps hinter mir, hatte eine offene Flasche zur Hand und der klare Fluß der wohlverdienten Ruhe floß unbemerkt dahin, ich war in guter Form, die Technik des Trinkens gab dem Wohlbefinden unfehlbar Kraft, Ruhe, in jedem Fall gab es kein Anzeichen von Hysterie, keine schnellen Bewegungen, kein Trinken direkt aus der Flasche. Ich trank methodisch aus einem Glas, doch in kleinen, genau abgemessenen Zwanzig-Gramm-Schlucken, und genauso methodisch arbeitete ich. Ich ließ die Wanne mit heißem Wasser vollaufen, schüttete eine übertrieben große Dosis Omo Color hinein und bereitete die Wäsche vor. Die Waschmaschine war schon vor dem Fall des Kommunismus und vor dem Zerfall meiner beiden Ehen kaputtgegangen.

11

ALBERTA LULAJ

Ich brüllte markerschütternd, ich hörte mein eigenes Brüllen nicht, aber ich brüllte wohl tatsächlich, sie sagten jedenfalls, daß mein Brüllen ganz fürchterlich war, ganz fürchterlich. Sie trieben sich in der Wohnung herum, es waren nicht viele, aber auch so war ich nicht imstande, sie zu zählen. Ich war nicht imstande, bis drei zu zählen. Wie waren sie hierhergekommen? Waren sie den Büchern der Weltliteratur entstiegen? Waren sie aus den Seiten des *Prozesses* oder *Humboldts Vermächtnis* gestiegen? Kamen sie aus der Welt, wie sie in einem Roman dargestellt wird, der von einer Revision oder einer Verhaftung erzählt? Ich hob meine erstarrten Lider und muß zugeben, ich hatte die Befürchtung, sie seien ein deliröser Traum voll klassischer Zitate, ich hatte die Befürchtung, es sei immer noch die Zeit der amorphen, literarischen Gespenster, doch eines von ihnen beugte sich über mich, richtete mir mein Kopfkissen. Ich nahm den ledernen Geruch einer Jacke wahr, den würzigen Duft von Kölnisch Wasser und es überfiel mich ein solcher Hunger, daß ich bereit war, zur Linderung das Kölnisch Wasser von dem Gespenst zu lecken. Mit dem Speichel vermischt, wäre ein Tropfen zusammengekommen, ein Tropfen bringt niemals Linderung, doch immer ist da der trügerische Moment, wo man auf die Linderung wartet, die Angst wird durch diesen Moment ein bißchen kleiner. Ich nahm Gerüche wahr und befreite mich von den delirösen Ängsten, die Literatur war definitiv zu Ende, ganz offensichtlich war jemand in meinem Zimmer. Ich wandte den Kopf, neben meiner Matratze sollte eine Flasche mit dem unfehlbaren Rest stehen, vielleicht sogar mit ein paar Resten. Einmal, daran erinnere ich mich, in einem vergleichbaren Zustand, hatte ich meinen Kopf gewandt und eine Flasche erblickt, die noch zur Hälfte gefüllt war. Mein Gott, es war wie eine Arie von Mozart gewesen, wie Leibniz, wenn er über die Vollkommenheit Gottes schrieb, aber jetzt war da nichts, rein gar nichts, nicht einmal eine leere Flasche. Ich streckte die Hand aus, oder eher, meine zittrige Hand begann eidechsengleich von selbst die Suche, umsonst tastete ich sogar die entferntesten Gefilde ab, doch da war nichts. Derjenige, der mir das Kopfkissen gerichtet hatte, setzte sich an den Bettrand und holte unter seiner Jacke eine Flasche Becherovka hervor. Der Anblick des berühmten grünen Glases stärkte weniger mich, als vielmehr die Schärfe meiner Wahrnehmung. Ich sah jetzt schon recht gut: Zwei Schritte weiter stand noch jemand, und in der Tiefe des Zimmers, in der Ecke saß noch jemand Drittes auf dem Sessel. Ich betone noch einmal: Das war keine Halluzination (obschon ich nach vierzig oder vielleicht auch hundertvierzig Tagen nicht nur das Recht, sondern geradezu die Pflicht hatte, Halluzinationen zu haben), das waren keine Sinnestäuschungen. Auch jetzt, wo ich die ganze Situation beschreibe, will ich um alles in der Welt jedwedes literarische Spiel, jedwelche ja sowieso abgenutzten Effekte vermeiden, als sei zum Beispiel nicht bekannt, ob es dem Erzähler nur so vorkommt oder es tatsächlich so war. Nein. In meinem Zimmer waren ohne jeden Zweifel drei Personen, wenn auch die dritte Person in der Tat etwas von einem Gespenst an sich hatte, eine eigenartige und mir unverständliche Gewandung trug und der Kopf in eine Kapuze gehüllt war.

»Gleich bekommst du ein halbes Glas Becherovka.« Die Stimme, die ich hörte, war gleichfalls unweigerlich real. Ihre Intonation war auch überhaupt nicht zweideutig, sie hatte weder die Heiserkeit eines Banditen noch einen teuflischen Falsetton, es war die angenehm tiefe Stimme eines vertrauenerweckenden Internisten. Die Realität dieses Fast-Baritons verschuf nahezu die gleiche Linderung wie das von ihr angekündigte Versprechen. Ja, so ist es. Mit trunkenem Starrsinn wiederhole ich noch einmal: Die Realität der ganzen Situation verschuf mir Linderung, allzu sehr stand ich ständig unter der Marter quälender Fiktion.

»Gleich bekommst du ein halbes Glas Becherovka. Ich vermute, daß ich einen erlesenen Meister der Kunst des Schluckens nicht daran erinnern muß, daß du vorsichtig und sehr langsam trinken mußt, weil es sonst (wie die alten Polen sagen) zum schandbaren Erbrechen kommt, und das wäre, zum ersten, eine nicht wiedergutzumachende Peinlichkeit in Anwesenheit einer Dame, und zweitens, der unwiederbringliche Verlust einer nicht unbeträchtlichen Dosis einer lebensspendenden Substanz.«

So ist es. Er mußte mir keine Lektion erteilen. Da ich wußte, daß mich in ein paar Minuten eine subtile Rekonstruktion von Geist und Körper erwartete, brachte ich mich in eine aufrechte Position, mit der höchsten (und durchaus mit einem Element der Ehrerbietung versehenen) Vorsicht umfaßte ich das versprochene und gemäß des Versprechens zur Hälfte gefüllte Glas mit beiden Händen und ich benetzte meine Lippen und ich befeuchtete meine Kehle und das Verlangen nach einer sofortigen Erlösung mäßigend, begnügte ich mich mit einer allmählichen Erlösung. Und langsam, ganz langsam verringerte sich die Last auf meinem Herzen, lichteten sich meine dunklen Gedanken und hellte sich meine Seele auf.

»Besser?« fragte mein Erretter, während ich wie ein gelehriger Schüler, der die Lehre des Meisters sofort begreift, erwiderte:

»Besser.«

Nach einer Viertelstunde, als es mir schon so weit besser ging, daß ich endlich damit aufhören konnte, im Innersten meiner Seele den biblischen Stil aufs Hysterischste zu übertreiben, schaute ich sie alle in vollkommener Nüchternheit an und stellte die in jeder Hinsicht nüchterne und allernatürlichste Frage der Welt:

»Ich bitte um Entschuldigung, aber was verschafft mir die Ehre dieses Besuchs? Wie sind Sie, meine Herren, um Vater Gottes Willen, überhaupt hierhergekommen, wie sind Sie hier hereingekommen?«

»Es ist besser, was aber nicht heißt, daß es gut ist«, sagte sachlich besorgt jener, der mein ausschließlicher Gesprächspartner zu sein schien. »Zum ersten, nicht meine Herren, sondern meine Damen und Herren. Im

Grunde ist es seltsam, daß gerade du, dem der Ruf eines Connaisseurs des schönen Geschlechts nachgeht, nicht bemerkt hast, daß unter uns eine junge Dame ist. Alberta, zeig dem Herrn deine Weiblichkeit.«

Die nebulöseste Gestalt des Trios erhob sich wortlos aus dem Sessel und begann mit den langsamen Bewegungen einer erfahrenen Stripperin ihre geheimnisvolle Gewandung aufzuknöpfen, die bei näherem Hinsehen bei weitem nicht so geheimnisvoll war und sich als eine Mischung aus leichtem Mantel und schwerem Kapuzenkleid erwies, und bald schon stand in clownesk-höhnischer Pose eine schöne, anmutige und hochgewachsene Brünette in gelbem Trägerkleid vor mir.

»Alberta Lulaj, Dichterin«, stellte er vor, wobei ich schon selbst nicht mehr wußte, wer eigentlich. Der Anführer der Eindringlinge? Der Meister einer nicht hinreichend gewürdigten Zeremonie? Mein Wohltäter? Oder vielleicht ein polizeilich gesuchter Bösewicht?

»Wir sind wegen ihr hier, wegen ihrer nicht hinreichend gewürdigten Verse. Was dagegen die restlichen Fragen angeht, so sind wir, erstens, hereingekommen, indem wir die Tür mit Hilfe des Schlüssels geöffnet haben, den du in trunkenem Leichtsinn in der Tür hast stecken lassen, und sind, zweitens, alte Bekannte. Das heißt, du erkennst mich vielleicht nicht, du hast das

Recht, dich nicht zu erinnern, aber ich erkenne dich und ich erinnere mich. Ich heiße Cieślar Józef und vor langer, langer Zeit, vor mindestens vierzig Jahren, sind wir zusammen in die Sonntagsschule gegangen. Ich muß nicht hinzufügen, daß sich nach Abschluß der Sonntagsschule unsere Wege getrennt haben. Du bist in die große Stadt gefahren und hast dich in intellektueller Hinsicht gebildet, ich blieb, wo ich war, und verdiente mir meinen Lebensunterhalt mit diversen, in intellektueller Hinsicht ziemlich gehaltlosen Tätigkeiten.«

Es wäre schön gewesen, wenn sich an dieser Stelle in meinem Kopf ein vom dunklen Gestrüpp des Vergessens vollständig überwuchertes Türchen geöffnet hätte, wenn ich mich plötzlich an den strohblonden Józia Cieślar erinnert hätte, der um keinen Preis auf der Welt imstande war, auch nur den allerkürzesten Lutherpsalm auswendig zu lernen. Es wäre dies nicht nur eine schöne, sondern auch eine klassische Episode, doch ehrlicherweise muß ich sagen: da war nichts. Ich schaute den angeblichen Józef Cieślar an und in meinem Gehirn öffnete sich kein einziges Türchen, nicht nur erinnerte ich mich nicht und erkannte ich ihn nicht, es ging so weit, daß mir alles, was er sagte, plötzlich wie eine bodenlose Lüge erschien, die vorläufig verborgenen, doch in jedem Falle frevlerischen Zielen diente. Irgendwie aber mußte dieser Betrüger, dieser Verbrecher an meiner Biographie viel über mich wissen, es sah so aus, als kenne er so manche Einzelheit meiner Seele. Er mußte zum Beispiel wissen, daß mich bei der Erwähnung der Sonntagsschule garantiert trunkene Rührung überfällt, daß ich vielleicht sogar in trunkenes Schluchzen ausbreche. Ich bändigte jedoch meine Rührung und brach nicht in Tränen aus. Ich ließ mir überhaupt nichts anmerken, und auch er verstärkte die einmal begonnene Provokation nicht, starrte mich nicht erwartungsvoll an, sondern setzte unverändert sachlich die Vorstellungsrunde fort.

»Der Kollege dagegen«, mit ausgesuchter Handbewegung deutete er auf den anderen Gangster, der zwei Schritte weiter stand, »der Kollege dagegen kennt dich nicht persönlich, aber er ist ein großer Fan von dir, er hat einen Artikel von dir in der Zeitung gelesen.«

Mein angeblicher Fan nickte mit dem Kopf und bestätigte mit betrügerischer Eilfertigkeit:

»So ist es. Ich bin keiner, der sich leicht begeistern läßt, aber in diesem Fall war ich begeistert.«

Ich beschloß, die Sache etwas tiefer auszuloten, und ein wenig aus Verschlagenheit, ein wenig aber auch aus Eitelkeit fragte ich:

»Ich bin unendlich neugierig, selbstverständlich freut es mich sehr, aber gleichzeitig bin ich unendlich neugierig, welcher meiner Texte einen gar so vorteilhaften Eindruck auf Sie gemacht hat?«

Jener breitete seine Arme in der berühmten Geste der Ratlosigkeit aus und sagte in ebenso berühmter Freimütigkeit:

»Ich weiß nicht mehr, worum es ging, aber ich weiß, daß ich vor Lachen gebrüllt habe.«

Ich zog meinen Kopf ein, als hätte mich ein Peitschenhieb getroffen. Der Anführer der Eindringlinge schaute mich mitleidsvoll an, die Dichterin Alberta Lulaj gab vor, ganz außerordentlich von ihren zu lockeren oder vielleicht auch zu engen Trägern in Anspruch genommen zu sein, ein Moment peinlicher Stille trat ein. Als aber der Moment peinlicher Stille vorüber war, ließ sich von neuem die freundliche Stimme des Oberbefehlshabers vernehmen:

»Du hörst nicht auf, mich durch den Grad deines Niedergangs in Staunen zu versetzen. Du müßtest doch eigentlich wissen, daß man Leser nicht über ihre Vertrautheit mit den Texten ausfragen darf, freuen muß man sich selbst über die allerallgemeinste Existenz der Leser und damit sollte man es bewenden lassen. Im übrigen spielt das jetzt auch keine Rolle, kehren wir, oder eher: wenden wir uns endlich dem Kernproblem zu. Hier also steht vor dir die schöne und kluge Alberta. Sie steht nicht nur jetzt vor dir, sie wird auch während der nächsten Stunden, und wenn es sein muß, sogar während der nächsten paar Tage bei dir bleiben. Mein Kollege und ich entfernen uns buchstäblich in einer Minute, unabhängig von allem warten auf uns in der Stadt Angelegenheiten, die wie gewöhnlich keinen Aufschub dulden. Wir gehen, Alberta bleibt. Ich lasse dir auch die Flasche da. Ja, das tue ich«, wiederholte der angebliche Cieślar Józef mit Nachdruck, »ich lasse dir auch die Flasche da. Anders ausgedrückt«, mit bedeutungsvoller, schulmeisterlicher Geste und damit der von Kolumbus dem Entdecker täuschend ähnlich, hob er den Finger, »anders ausgedrückt, du bleibst mit einer Frau und einer Flasche hier, es ist also, wie du siehst, als würdest du ohne eigenes Zutun das Paradies betreten. Nachher wird Alberta dir helfen, daß du wieder zu dir kommst, wird deine zerrütteten Nerven lindern, dir eine nahrhafte Fleischbrühe kochen, dich mit einem an Vitaminen reichen Obstsaft laben, und im äußersten Notfall wird sie ins Geschäft gehen, um die zu guter Letzt erlösenden zwei Bierflaschen zu holen. Im Gegenzug dafür ...«

»Was im Gegenzug? Was im Gegenzug?« unterbrach

ich ihn, auf der einen Seite gelähmt von dem Übermaß märchenhafter Wohltaten und zugleich und andererseits von der innigsten Gewißheit erschreckt, daß ich in meinem gegenwärtigen Zustand nichts, aber auch absolut gar nichts im Gegenzug würde tun können und mich durch nichts meinen heuchlerischen Wohltätern würde erkenntlich zeigen können.

»Ich bin schon dabei, es dir zu erklären: Also du leistest im Gegenzug wirklich nur eine Kleinigkeit. Du hörst dir die Verse von Alberta an. Natürlich will ich dir nichts im voraus einreden, aber meiner bescheidenen Meinung nach schreibt Alberta nicht nur wunderschöne Gedichte, sie trägt sie auch wunderschön vor, es ist wie eine Art Gesang, und allein schon das Zuhören müßte dich eigentlich beruhigen. Du hörst zu, analysierst sie scharfsinnig und bewertest sie sachkundig, und danach ermöglichst du Alberta unter Nutzung deiner weitreichenden Bekanntschaften den Abdruck am besten in den Spalten des *Tygodnik Powszechny*.

»Aber ich schreibe doch schon seit langem nicht mehr im *Tygodnik Powszechny*«, sagte ich, oder genauer: winselte ich leise, winselte ich nicht deshalb, weil ich plötzlich trunkene Sehnsucht nach dem *Tygodnik Powszechny* verspürte, winselte ich, weil ich in der Tiefe meiner Seele wußte, daß alle meine Einwände und Widerstände nur vorgetäuscht waren, winselte ich, weil ich wußte, daß ich zu allem ja sagen würde.

»Macht nichts, du hast da immer noch Bekannte. Es muß auch nicht unbedingt der *Tygodnik Powszechny* sein, es können andere einflußreiche und meinungsbildende Spalten sein. *Polityka* oder *Gazeta Wyborcza*, am besten wäre es aber, wenn es der *Tygodnik* wäre. Weißt du warum?«

»Ja, ich weiß«, brummte ich unlustig.

»Du weißt es?«

»Ich weiß es.«

»Was weißt du?«

»Ich weiß, was ich wissen muß«, entgegnete ich gelangweilt, weil ich es in diesem Falle nun wirklich wußte.

»Dann sag's, wenn du es weißt«, in seiner Hartnäckigkeit war unleugbar etwas Kindliches. (Die unauslöschliche Spur der Sonntagsschule?)

»Es geht euch darum, daß der *Tygodnik Powszechny* vom Papst gelesen wird.«

»Ausgezeichnet! Bravo! Bravo!« strahlte mein vorgeblicher Gefährte meiner Bibelforschungen aus Kinderzeiten. »Ich sehe, daß ich dich unterschätzt habe. Ich hatte dich für einen weltfremden Wortvirtuosen gehalten, aber du, Brüderchen, weißt wirklich Bescheid, du alter Fuchs. Du verstehst, was das hieße: Johannes Paul II. liest im *Tygodnik Powszechny* die Gedichte von Alberta Lulaj, die tiefe Metaphysik ihrer Gedichte beeindrucken den Heiligen Vater sakramentalisch stark, er schickt Alberta einen bedeutungsvollen Brief oder sogar eine spezielle päpstliche Bulle, und die Welt, die ganze Welt gehört uns. Verstehst du, nur das interessiert uns, nur das: Das Spiel um den höchsten Einsatz. Deshalb wäre der *Tygodnik* das beste, aber wenn das nicht geht, Pech gehabt, dann geht es woanders, letztendlich ist das egal, du kennst sie alle, mit allen hast du getrunken und wenn du zu dir kommst, wird dir schon etwas einfallen. Dem Mädchen muß geholfen werden, sie schreibt ausgezeichnete Sachen, die aufgrund der dir wohlbekannten geistigen und personellen Ohnmacht in diesen Kreisen nicht gedruckt werden. Ja, so ist es. Der Frau muß eine Veröffentlichung ermöglicht werden, weil sie im Gefühl eines verletzenden Mangels an Verwirklichung bereit ist, der Hurerei zu verfallen. Hör zu, dann verstehst du, daß Albertas Gedichte ans Licht der Öffentlichkeit gelangen müssen. Langer Rede kurzer Sinn: So viel kannst du nach unserer alten Bekanntschaft aus der Sonntagsschule für mich schon tun.«

Er hatte sich verraten, er hatte sich verraten, er hatte

sich endgültig verraten. Niemand, der jemals die Sonntagsschule besucht hatte, würde vom Papst als *Heiliger Vater* sprechen. So redet kein Protestant, nicht einmal der schlechteste. Er hatte sich demaskiert, doch weil er nicht wußte, daß er sich demaskiert hatte, setzte er sein Tun mit Eifer fort. Aus meinen Fingern entwand er das Glas, trug es in die Küche, kam zurück und stellte die kaum angebrochene Flasche Becherovka an mein Kopfende. Danach begann er in den Taschen seiner Lederjacke zu wühlen und zog ein in Zeitungspapier gewickeltes, dickwandiges Wodkaglas hervor.

»Alberta wird dir mensurieren«, sagte er. »Alberta wird dir mensurieren und du wirst langsam und in kleinen Schlückchen aus eben diesem Gläschen trinken. Mensch, reiß dich zusammen«, in seiner Stimme blitzte eine radikale Ermahnung auf, »du bist einer der größten Trinker der Welt und hast seit mindestens zehn Jahren kein Glas mehr in der Hand gehalten. Wie ist das überhaupt möglich?« Er schaute mich mit strenger Nachdenklichkeit an. »Wie ist das möglich?« wiederholte er und richtete die Frage diesmal an sich selbst und selbst gab er sich sogleich die Antwort: »Es scheint, daß meine Frage rein rhetorischer Natur ist. Seit zehn Jahren hast du kein Wodkaglas in der Hand gehalten, weil du seit zehn Jahren den Wodka aus Zahnputzbechern oder direkt aus der Flasche in dich hineinkippst. Die Technik des Trinkens, wie das Kolumbus der Entdecker gesagt hätte, ist der kompletten Erosion erlegen. Mensch, besinn dich! Benutze das richtige Glas und höre die Gedichte. Leb wohl.«

Beide Gangster salutierten höhnisch, marschierten zur Ausgangstür, die kurz darauf hinter ihnen zuschlug.

Ich schaute Alberta an, sie lächelte verhalten und machte den ersten Schritt in meine Richtung.

»Ich habe Sie am Geldautomaten gesehen«, sagte ich mit ziemlich kaputter Stimme. »Ich habe Sie angestarrt und war mir sicher, daß Sie die letzte Liebe meines Lebens sind.«

»Am Geldautomaten?« Alberta zog auf wunderschöne Weise ihre Augenbrauen hoch. »Das ist gut möglich, ich nutze den Geldautomaten ziemlich oft. Aber wann war das?«

»Das weiß ich nicht. Vielleicht vor vierzig, vielleicht vor hundertundvierzig, vielleicht vor ein paar Tagen. Jedenfalls war es ein unglaublich julihafter Nachmittag.«

Alberta trat zu mir und beugte sich über mich und ich erblickte die Umrisse der schönsten Brüste … im Überschwang hätte ich fast gedacht: der schönsten Brüste der Warschauer Paktstaaten, aber es hatte sich doch die Weltordnung verändert und jetzt sah ich die schönsten Brüste des Nordatlantischen Pakts oder die schönsten Brüste der Europäischen Union, oder die Umrisse der schönsten Brüste innerhalb der Anwärterstaaten auf eine Mitgliedschaft in der Europäischen Union. Alberta beugte sich über mich, legte mir die Hand auf die Stirn und flüsterte:

»Es ist unmöglich, daß du so lange nicht hierwarst. Es ist doch schon Winter, es schneit, es friert und bald ist Weihnachten.«

12

ALLE WASCHMASCHINEN DIESER WELT

Die in alle Ewigkeit aufgeschobene Idee, die alte Waschmaschine reparieren zu lassen oder eine neue zu kaufen, verflüchtigte sich ganz von selbst und eigentlich unabhängig von meinen Schwächen. Ich habe in meinem Leben eine Masse Geld vertrunken, ich habe ein Vermögen für Wodka ausgegeben, doch das niederträchtige Abenteuer, das abgezählte Geld für die Reparatur der Waschmaschine zu vertrinken, ist mir nie widerfahren. Ich lege dieses Geständnis ohne Stolz ab, viel eher mit einem Gefühl der Erniedrigung. Denn den Umstand, daß ich das für die Reparatur der Waschmaschine zurückgelegte Geld nicht vertrunken habe, verdanke ich einzig und allein der Tatsache, daß ich nie Geld für die Reparatur der Waschmaschine zurückgelegt habe. Bevor ich dazu kam, eine bestimmte Summe für die Reparatur der Waschmaschine zurückzulegen, hatte ich sie bereits zusammen mit anderen noch für gar nichts zurückgelegten Summen vertrunken. Ich vertrank das Geld, bevor ich es noch für etwas hätte zurücklegen können, ergo, kann ich sagen und mir damit dem Anschein nach selbst widersprechen (aber nur dem Anschein nach, denn dort ging es um eine kleine Größe, hier aber um eine große), ich kann also sagen, daß es so ist, daß ich das Geld für die Reparatur der Waschmaschine vertrunken habe, daß ich das Geld für alle eventuell notwendigen Reparaturen vertrunken habe, was sage ich? Wirklich? Ich habe das Geld für den Kauf einer neuen Waschmaschine vertrunken, ich habe eine ganze Reihe neuer Waschmaschinen vertrunken, ich habe tausend neue Waschmaschinen vertrunken, ich habe eine Milliarde Waschmaschinen der neuesten Generation vertrunken, ich habe alle Waschmaschinen dieser Welt vertrunken.

Was für eine Seele hat ein Mensch, der weiß, daß er alle Waschmaschinen dieser Welt vertrunken hat? Ich antworte: Er hat eine beflügelte Seele, und sein Gedanke schwirrt wie die Trommel in der letzten Abpumpphase. Wenn du auf dem Herzen die Last von einer Milliarde vertrunkener Waschmaschinen spürst, ist das nicht zum Aushalten. Aber wenn du deinen gequälten Blick hebst und siehst, wie ein Schwarm weißgefiederter Waschmaschinen vogelgleich unter dem wasserblauen Himmel dahinsegelt wie ein Geschwader päpstlicher Hubschrauber, dann begreifst du, daß dir mehr gegeben ist als anderen Menschen. Es ist dir eine unkonventionelle Gabe gegeben, und wenn es dir gelingt zu überleben, wenn du nicht vorher stirbst, kannst du die Wanderung, die Suche nach allen verlorenen Waschmaschinen beginnen, und mehr noch, ja, so ist es, die Suche nach allen verlorenen Dingen.

Die Pforten des Diesseits mögen sich vor dir auftun, in diesem Fall muß man jedoch ungeheuer aufpassen, muß man mit ungeheurer Konzentration vorgehen, denn die Pforten der Diesseitigkeit können sich unwiderruflich auftun. Sie werden nicht hinter dir zuschlagen, aber wenn du schwach bist, wenn dein Schritt schwankend ist und der Schlaf dich übermannt, dann wirst du weder zurück wollen noch zurück können. Manchmal verliert einer schon nach der hundertsten, und wenn jemand noch schwächlicher ist, dann schon nach der zehnten vertrunkenen Waschmaschine unwiderruflich die Neugier und den Willen für alle diesseitigen Angelegenheiten. Doch eine völlig von den Banden der Diesseitigkeit befreite Geistigkeit ist reine Graphomanie. Das Vertrinken aller Waschmaschinen der Welt führt unweigerlich zur vollkommenen Vernachlässigung der Diesseitigkeit – beim Schreiben führt eine vollkommene Vernachlässigung der Diesseitigkeit zur Graphomanie, wer also schreibt und trinkt, ist in einer schwierigen Situation. Ich trank und vernachlässigte das Schreiben nicht und jetzt schreibe ich mit trunkener Träne im Auge über die durchs Trinken vernachlässigte Waschmaschine. Ach, gar nicht so sehr die Neugier für ihren diesseitig beschädigten Mechanismus müßte ich haben, als vielmehr und einfach die freie Zeit, die Zeit für einen freien Willen, ganz einfach, dann würde ich jeden, der es nur kann, mit der Reparatur der Waschmaschine beauftragen. Doch ich fand in mir weder dieses noch jenes. Weder das Brot, noch unser, noch täglich, noch Amen. Meine erste Frau gewöhnte sich mit der Zeit an die ewig nicht reparierte Waschmaschine und hörte auf, Druck auf mich auszuüben und verließ mich, ohne Druck auf mich auszuüben. Meine zweite Frau verließ mich, bevor sie sich daran gewöhnt hatte und bevor sie begonnen hatte, Druck auf mich auszuüben.

13

AUSNAHMEN

Noch am Donnerstag wurde getrunken. Und wie da getrunken wurde! Aber jetzt schreit er Tag und Nacht, ist heiser und liegt im Sterben. *JURIJ TYNIANOV*

Nachdem ich mich ausgiebig, sehr ausgiebig gestärkt hatte, fing ich an, meine Habseligkeiten auf dem Schuppendach, das ich gerade mit den Händen erreichen konnte, aufzubauen. Zuerst die Aktentasche, dann eine Flasche nach der anderen: eine Flasche sächsischen Korn, dann vier unangebrochene und eine angebrochene Flasche Schwarzwälder Zwetschgenwasser. Alles schön ordentlich nebeneinander auf dem Dachrand.

HANS FALLADA

Der Mann schlägt Zeit tot – weiter nichts.
Keine Hilfe von der fünften Bourbon jetzt,
Hals über Kopf in den Fluß geschleudert,
selbst ihr Korken ging unter. *ROBERT LOWELL*

»Du hast Branntwein? Vielleicht für ein krankes altes Mütterchen«, setzte er naiv hinzu. »Oder vielleicht willst du ihn für des Herrn Jesu Wiederkehr aufbewahren. Wer bin ich, mein Freund, um zu ahnen, für wen der Branntwein bestimmt ist?« *JOHN STEINBECK*

Wissen Sie, wissen Sie, mein Herr, ich habe sogar ihre Strümpfe vertrunken! *FJODOR DOSTOJEWSKIJ*

Fühle ich es denn nicht? Und je mehr ich trinke, um so stärker fühle ich. Darum trinke ich doch, weil ich in diesem Trank hier Mitleid und Gefühl suche ... Ich trinke, weil ich doppelt leiden will!

FJODOR DOSTOJEWSKIJ

Gott will die Sünden nicht; existieren sie, weil die Harmonie der Dinge es so mit sich bringt, muß man sagen: Er läßt sie zu, d. h. weder will er sie noch will er sie nicht. *GOTTFRIED WILHELM LEIBNIZ*

So verbrachte ich diese Nacht, zwischen Trinken und Brechen. *HANS FALLADA*

Er geht in die Kirche, sein Mund bewegt sich, als würde er beten. Im Innern ist es kühl; an den Wänden Bilder eines Kreuzwegs. Niemand scheint zu schauen. Er liebt es, gerade in der Kirche zu trinken.

MALCOLM LOWRY

Doch es gibt solche Trinker, die – wenn sie das Übermaß des Alkohols in sich verspürten, von ihm jedoch nicht lassen wollten, wenn nach Beendigung des Mahls die gute Stimmung noch anhielt – vors Haus gingen und sich aus eigenem Willen erbrachen, um sich dann der Gesellschaft wieder anzuschließen und weiterzutrinken.

JĘDRZEJ KITOWICZ

»Meinst du nicht, du hast irgendwann die Nase voll davon, mit einem Säufer zu leben?« fängt er an. »Du hast das Schlimmste noch nicht mitgekriegt. Ich schmeiße Sachen um. Ich kotze dauernd. Es ist ein Wunder, daß es in den letzten Tagen so gutgeht. Du bist wie ein Gegengift, das sich mit dem Alkohol vermischt und mich im Gleichgewicht hält, aber das wird nicht ewig anhalten.«

JOHN O'BRIEN

Und er wird der Richter sein allen und wird vergeben, wie den Guten so auch den Bösen, wie den Weisen so auch den Einfältigen … Und wenn er mit allen schon fertig sein wird, dann wird er auch zu uns sprechen:

»Kommet auch ihr!« wird er sagen. »Kommt, ihr Betrunkenen, kommt, ihr Schwächlinge, kommt, ihr Schandkerle!« Und wir alle werden vortreten, ohne uns zu schämen, und werden dastehen. Er aber wird sagen: »Ihr Schweine! Ihr Ebenbilder des Tieres und vom Tier Gestempelten; aber kommet auch ihr!«

FJODOR DOSTOJEWSKIJ

Nur ein zweitrangiger Geist vermag nicht zwischen Literatur und einer echten Nacht der Seele zu wählen.

EMIL MICHEL CIORAN

Ich kann jedoch nicht begreifen, auf welche Weise jemand das Vergnügen des Trinkens über den Durst hinaus verlängern kann und sich in seiner Vorstellung gewissermaßen künstlichen Appetit gegen die Natur machen kann. *MICHEL DE MONTAIGNE*

Gebe Gott uns allen, uns Trinkern, einen so leichten und so schönen Tod. *JOSEPH ROTH*

»Ich glaube, ich habe Lust, etwas zu trinken.«
»Fast jeder hat so eine Lust, nur weiß nicht jeder davon.« *CHARLES BUKOWSKI*

Ich war entsetzt und trank mehr als gewöhnlich. Ich arbeitete an meinem ersten Roman. An der Schreibmaschine sitzend trank ich jeden Abend einen halben Liter Whiskey und zwölf Bier aus. Bis in die frühen Morgenstunden rauchte ich billige Zigarren, hämmerte auf der Maschine, trank und hörte klassische Musik aus dem Radio. Ich setzte mir täglich zehn Seiten zum Ziel, doch erst am nächsten Tag konnte ich nachprüfen, wieviel ich geschrieben hatte. Ich stand früh auf, erbrach mich und ging ins vordere Zimmer, um zu sehen, wieviele Seiten auf dem Sofa lagen. Immer hatte ich mein Pensum überschritten. *CHARLES BUKOWSKI*

Und ich hörte eine Stimme vom Himmel zu mir sagen: Schreibe ... *OFFENBARUNG 14,13*

Dieses Zittern hält mich ruhig.

THEODORE ROETHKE

Und ich sah einen andern starken Engel vom Himmel herabkommen, mit einer Wolke bekleidet ...

OFFENBARUNG 10,1

Das Trinken ist das Tor zu allem Unrecht.
Streit und Hader, Unzucht, Hohn und Diebesknecht.
Und noch viel mehr: Denn Trinken, das ist Sünde,
des Teufels Pfründe.

LIED WIDER DAS TRINKEN

(im Kirchengesangbuch von Heczko, Nr. 443)

Warum singst du uns nicht diese trunkene Ariette?

(aus dem Wörterbuch von Samuel B. Linde)

Als Biologe, als sozialer Denker, der sich mit Macht und Weltprojekten befaßte, mit den Formen einer universalen Ordnung, als Lieferant von Deutung und Meinung für die gebildeten Massen – als all dieses schien er eine große Menge Kopulation zu benötigen.

SAUL BELLOW

Mit dem Schnaps hat es seine eigene Bewandtnis; er ist ein höllisch scharfes Getränk, ein geheimnisvolles Kräutergebräu, das in eigentümlicher Weise mit den Sternen zusammenhängt. *HERMAN BROCH*

Wir gingen Arm in Arm den Boulevard Saint-Germaine hinunter. Vor dem Schaufenster der Liga der Antialkoholiker, in dem wie gewöhnlich eingetrocknete Gehirne ausgestellt waren, sagte ich: »Hier wechseln wir besser die Straßenseite.« *PHILLIPPE SOUPAULT*

Wer aber die Wiederholung will, der ist ein Mann.

SØREN KIERKEGAARD

Mit sechzehn, als ich noch zur Schule ging, begann ich regelmäßiger als früher ein angenehm legeres Bordell zu besuchen; nachdem ich alle sieben Mädchen durchprobiert hatte, konzentrierte ich meine Neigung auf die mollige Polymnia, mit der ich an einem nassen Tisch in einem Obstgarten Unmengen schäumenden Bieres trank – ich schwärme nun einmal für Obstgärten.

VLADIMIR NABOKOV

Ich liege mitten unter Löwen … *PSALM 57,5*

Die Porter-Kufen, wundervoll. Aber da kommen auch Ratten rein. Saufen sich platzvoll, bis sie aussehn wie die Wasserleiche eines Schäferhunds. Stockbesoffen vom Porter. Saufen, bis sies wieder auskotzen wie die Christen. *JAMES JOYCE*

Während ich im Hubschrauber über Manhattan brauste und New York betrachtete, als ob ich in einem Boot mit Glasboden über ein tropisches Riff dahinglitt, fahndete Humboldt wahrscheinlich unter seinen Flaschen nach einem Tropfen Fruchtsaft, den er mit seinem morgendlichen Gin mixen konnte. *SAUL BELLOW*

Das Leben ist nur auf Grund seiner Diskontinuität möglich. *EMIL MICHEL CIORAN*

Herr Gott, ich liebte Erdbeermarmelade,
Und die dunkle Süße des weiblichen Körpers.
So wie auch eisgekühlten Wodka.

CZESŁAW MIŁOSZ

Wäre da nicht der Gedanke an Selbstmord, hätte ich mich schon längst umgebracht. *EMIL MICHEL CIORAN*

Die im Tor sitzen, schwatzen von mir, und beim Zechen singt man von mir. *PSALM 69,13*

Dein Weg ging durch das Meer und dein Pfad durch große Wasser; doch niemand sah deine Spur. *PSALM 77,20*

Und nun laßt uns mal gemeinsam nachdenken, was ich jetzt trinken könnte. *WENEDIKT JEROFEJEW*

14

ALBERTAS GEDICHTE

Schön, so schön wie ein Traum waren die Gedichte Albertas. Licht, aber vielleicht auch Schatten, ein Lichtstrahl, oder der Schatten eines Kindes, ein geheimnisvolles und undeutliches Seelchen wanderte von Zeile zu Zeile durch diese Gedichte. Es verließ seine alte Heimstatt nicht und besang mit heiserem Sopran alle Gegenstände und Gerätschaften, die es dort einmal gegeben hatte. Alberta sagte ein Gedicht auf von einem blechernen Wasserkessel, der auf einer Herdplatte steht, und in dem einst Wasser gekocht hat, sie sagte ein Gedicht über das Wasser von damals auf und über den Herd selbst, über die Kerze auf dem Weihnachtstisch, sie trug ein schönes Liebesgedicht über die Wollmütze eines Jungen vor, der jeden Tag auf dem Weg zur Schule unter ihrem Fenster vorbeiging.

Wie lange das andauerte, weiß ich nicht, wie lange Alberta Poesie vortrug, weiß ich im Grunde nicht; sie sprach eher kurz als lang, und es geschah eher nicht, daß ich im Verlauf der Rezitation in einen begeisterungssatten kürzeren oder längeren Schlummer verfiel. In jedem Fall trug sie die Gedichte in der Mitte des Zimmers stehend vor, als stünde sie auf einer Bühne und alles sprach damals und spricht heute dafür, daß dies eigentlich ungeheuer komisch gewesen sein muß, doch war es nicht nur überhaupt nicht komisch, vielmehr verstärkte es die Rührung. Ich lauschte den Gedichten der wie ein Denkmal auf dem Linoleumfußboden stehenden Alberta und hatte das Gefühl, auf einer Wolke zu liegen.

Dann setzte sie sich an den Wolkenrand, der jetzt schon der einladende Rand meiner Matratze war, und legte ihre warme Hand auf meine eiskalte Hand und stellte mir die Frage, die ich Tausende von Malen gehört habe, sie stellte mir die Frage, die mir schon tausende, Millionen Menschen gestellt haben, sie stellte mir die Frage, die mir schon Europäer, Asiaten, Amerikaner, Afrikaner, Australier und wahrscheinlich sogar Eskimos gestellt haben, sie stellte mir die Frage, die mir bisher wahrscheinlich nur der Herrgott nicht gestellt hat.

»Warum trinkst du?« fragte Alberta.

»Alberta«, erwiderte ich mit zugeschnürter Kehle, »hätte ich dich zwanzig Jahre früher kennengelernt, tränke ich nicht.«

»Zum einen war ich vor zwanzig Jahren vier Jahre alt und hättest du mich damals wirklich kennengelernt, hättest du erst recht gesoffen, du hättest zweimal oder sogar hundert Mal soviel gesoffen«, antwortete sie. »Und überhaupt, nenn mich Ala, das ist mir lieber. Warum trinkst du?« wiederholte sie.

»Ich weiß es nicht«, erwiderte ich. »Ich weiß es nicht, oder besser: Ich kenne tausend Antworten. Keine ist letztlich ganz wahr und in jeder ist ein Funken Wahrheit. Aber am Ende kann man nicht sagen, daß sie zusammen die eine, große, ganze Wahrheit ergeben. Ich trinke, weil ich trinke. Ich trinke, weil ich es mag. Ich trinke, weil ich Angst habe. Ich trinke, weil ich genetisch vorbelastet bin. Alle meine Vorfahren haben getrunken. Meine Urgroßeltern tranken und meine Großeltern, mein Vater trank und meine Mutter trank. Ich habe weder Schwestern noch Brüder, aber ich bin mir sicher: Wenn sie auf der Welt wären, tränken alle meine Schwestern und tränken ebenso alle meine Brüder. Ich trinke, weil ich einen schwachen Charakter habe. Ich trinke, weil in meinem Kopf etwas verkehrt ist. Ich trinke, weil ich zu ruhig bin, und mich anregen will. Ich trinke, weil ich nervös bin, und ich meine Nerven beruhigen will. Ich trinke, weil ich traurig bin, und meine Seele aufheitern will. Ich trinke, wenn ich glücklich verliebt bin. Ich trinke, weil ich vergebens die Liebe suche. Ich trinke, weil ich gar zu normal bin und ein bißchen Tollheit brauche. Ich trinke, wenn mich etwas schmerzt und ich den Schmerz lindern will. Ich trinke aus Sehnsucht nach jemandem. Ich trinke aus dem Gefühl eines Übermaßes der Erfüllung, wenn jemand bei mir ist. Ich trinke, wenn ich Mozart höre oder Leibniz lese. Ich trinke, wenn ich körperlich erregt bin und ich trinke, wenn ich sexuell ausgehungert bin. Ich trinke, wenn ich das erste Glas austrinke, und ich trinke, wenn ich das letzte Glas austrinke, dann trinke ich ganz besonders, denn das letzte Glas habe ich nie ausgetrunken.«

»Hör zu«, sagte Ala-Alberta unübersehbar ungeduldig. »Gibt es überhaupt Augenblicke, in denen du nicht trinkst?«

»Ich glaube, ich trinke nicht, wenn ich so fürchterlich betrunken bin, daß ich keine Kraft zum Trinken mehr habe, doch um die Wahrheit zu sagen, ich finde in mir immer die Kraft, um weiterzutrinken; oder ich trinke nicht, wenn ich in einen fürchterlich trunkenen Schlaf gefallen bin, doch wer weiß, vielleicht trinke ich selbst dann. Ich glaube, ich trinke im Schlaf und wenn ich wach bin.«

»Vielleicht solltest du dich einfach heilen lassen. Die

Ärzte würden dir doch helfen, würden dir helfen, die Antwort zu finden. Vielleicht solltest du dich mit jemandem treffen, der mehr weiß.«

»Aber ich treffe mich doch mit Ärzten. Doktor Granada ist wie ein Vater für mich. Achtzehn Mal lag ich auf der Delirantenstation und habe gehört, aus welchen Gründen meine Mitbrüder im Laster trinken. Sie alle tranken aus denselben, aber manchmal auch noch aus ganz anderen Gründen. Sie tranken, weil der Vater allzu streng war, und sie tranken, weil die Mutter allzu milde war. Sie tranken, weil alle um sie herum tranken. Sie tranken, weil sie aus Trinkerfamilien stammten, und sie tranken, weil sie aus Familien stammten, in denen seit Generationen niemand jemals seinen Schnabel befeuchtet hat. Sie tranken, weil Polen unter dem Moskowiter Joch war, und sie tranken in der Euphorie nach der Befreiung. Sie tranken, weil ein Pole Papst wurde, und sie tranken, weil ein Pole den Nobelpreis bekam, und sie tranken, weil eine Polin den Nobelpreis bekam. Sie tranken auf das Wohl der Internierten und mit ihrem Trinken ehrten sie das Andenken der Ermordeten. Sie tranken, wenn sie allein waren, und sie tranken, sobald sich jemand zu ihnen gesellte. Sie tranken, wenn Polen gewann, und sie tranken, wenn Polen verlor. Und Doktor Granada hörte sich alle diese Antworten mit übermenschlicher Geduld an, schüttelte den Kopf und sagte das, was ich zu Beginn gesagt habe: ›Ihr trinkt, weil ihr trinkt‹.«

»Nimm Vernunft an, wach auf.« Vielleicht sprach Alberta in allgemeinem Sinne, vielleicht aber auch in besonderem, vielleicht war ich in meinem großen Schlaf, in dem ich seit Jahren verharrte, gerade wieder einmal eingenickt. Alberta rüttelte mich sanft am Arm: »Wach auf.«

»Wozu aufwachen, wenn es im Wachzustand noch schlimmer ist? Der Wachzustand ist ein einziger Grund zu trinken.«

»Da du sowohl im Schlaf wie im Wachsein trinkst, weißt du überhaupt nicht, wie es im Wachzustand ist.«

»Hör mal, wenn ich damals, an jenem Nachmittag im Juli, nüchtern gewesen wäre, hätte ich dich nicht beim Geldautomaten gesehen, hätte nicht gedacht, daß du klug und schön bist, es wäre mir nicht eingefallen, daß du die größte Liebe meines Lebens bist, wäre dir nicht nachgelaufen und hätte nicht die große Leidenschaft erlebt …«

Ich konnte nicht weitersprechen, denn es schnürte mir die Kehle zu. Als Alberta sah, wie meine Augen glasig wurden und daß ich drohte, in Tränen auszubrechen, goß sie mir eine nach ihrem Ermessen angemessene, nach meinem unzureichende Portion ein. Aber ich verlangte von ihr den – im übrigen minimalen – Nachschlag nicht, denn ich wußte, daß sie es sowohl aus eigener Güte, als auch aus Gehorsam gegenüber den Gangstern, von denen sie hierher gebracht worden war, getan hatte, aber auch, weil sie weiter mit mir sprechen wollte.

»Gut«, sagte sie, »du hast die heiße Leidenschaft erlebt, dazu war ich der Anlaß, das ist für eine Frau immer schmeichelhaft, aber sag mir, wie endete die Geschichte? Sag es mir, wenn du dich daran erinnerst.«

»Sie endete auf der Delirantenstation«, sagte ich nach einem Augenblick des unvermeidlichen Schweigens.

»Eben. Meiner Meinung nach sind feurige Leidenschaften, die auf der Delirantenstation enden, nicht viel wert. Um ehrlich zu sein, sind sie einen Dreck wert. Du mußt da raus.«

»Ala, weißt du, worüber die Deliranten auf der Delirantenstation unaufhörlich reden? Weißt du, was das Hauptthema ihrer fundamentalen Gespräche ist?«

»Vor einem Moment hast du doch gesagt, daß sie unentwegt über das Trinken reden, über die Gründe, warum sie trinken.«

»Das auch, klar, sie reden pausenlos darüber, wie sie getrunken und warum sie getrunken haben, aber ihr erstes Thema ist, wie sie davon wegkommen. Sie reden darüber, wie sie da rauskommen können. Sie verkünden hehre Traktate über die Kunst, davon wegzukommen. Pausenlos reden sie davon, wie sie davon loskommen. Pausenlos fragen sie: Wann kommen wir da raus? Ich bin gespannt, wann sie uns entlassen? Ich bin gespannt, wann man dem entkommt? In einer Woche, oder vielleicht in zwei? Vielleicht morgen? Morgen nicht, weil morgen Sonntag ist, und am Sonntag gibt es keine Entlassungen. Aber bestimmt am Montag. Am Montag kommen wir bestimmt weg von hier.«

Alberta schaute mich mit der Zärtlichkeit an, mit der Frauen einen von Natur aus dümmeren Mann anschauen.

»Hör mal, ich red doch nicht vom Rauskommen aus dem Krankenhaus, ich sprech davon, wie man von seinem Laster loskommt.«

»Ich sag dir, Ala: Nur Naive meinen, daß Raus und Aus nicht das gleiche ist. Die Klügeren und Erfahreneren wissen: Raus und Aus ist das gleiche.«

»Klügere und erfahrenere Trinker vermutlich.«

»Ich hab große Lust zu sagen: Es gibt keine klügeren und erfahreneren Menschen als kluge und erfahrene Trinker, aber das wäre ein typischer Trinkeraphorismus und ich meide in letzter Zeit Trinkeraphorismen.

Du kommst aus dem Krankenhaus raus, das heißt, du verläßt die Krankheit und kehrst in die Welt zurück, die in sich selbst eine große Krankheit ist. Also was?«

Im Zimmer wurde es langsam dunkel, ganz offensichtlich brach der Abend herein, aber es konnte auch langsam Morgen werden, es konnte schon lange völlig dunkel sein, und mir mochte es scheinen, als beginne es erst, dunkel zu werden. Ich hatte keinen blassen Dunst, wieviel Uhr es war, oder welche Tageszeit wir hatten, und ich schämte mich zu fragen. Mir fiel die Geschichte von dem Held Sozialistischer Arbeit über den Untergang in der Zeit ein, eine der hunderttausend trunkenen Anekdoten über den Untergang in der Zeit.

Der Held Sozialistischer Arbeit ging um sechs Uhr morgens in die Sendzimierz-Hütte (ehemals Lenin-Hütte) zur Arbeit. Das Erlebnis, von dem er erzählte, also sein großes Trinken, ereignete sich im Winter, wenn es, wie allgemein bekannt, um sechs Uhr morgens genau so dunkel ist wie um sechs Uhr abends. Der Held Sozialistischer Arbeit erwachte in der Dunkelheit, es war halb sechs. Mit der ganzen trunkenen Dramatik wurde ihm bewußt, daß er es gerade noch zur Arbeit schaffen konnte, zum Glück war noch etwas zum Austrinken geblieben, er goß sich ein Glas Wodka hinter die Binde, um wieder auf Sendung zu kommen, auf dem Weg zur Haltestelle trank er in einem Laden noch ein Bier. Ein wenig wunderte er sich über das um diese Tageszeit überraschend geöffnete Geschäft, sonst öffneten sie immer um sieben, und heute auf einmal, bitte schön, war es schon vor sechs offen … Und auch nachher an der Haltestelle stimmte etwas nicht, es waren nicht dieselben Leute wie sonst, außerdem waren sie für den winterlichen Morgen irgendwie übertrieben lebhaft und zahlreich … Schließlich kam im Herzen des Helden Sozialistischer Arbeit ein furchtbarer Verdacht auf, doch er schämte sich, jemanden zu fragen, mit den Blicken begann er in der Menge nach einem Stammesbruder zu suchen, was überhaupt nicht lange dauerte. An angemessener Stelle, nämlich gleich an der Rinnsteinkante, stand ein angemessen schwankender Mensch. Sein Schwanken war sehr angemessen, es war im Grunde genommen leicht und kaum merklich, dieser Mensch, obschon er schwankte, wußte ganz bestimmt, welche Tageszeit es war. Der Held Sozialistischer Arbeit näherte sich ihm und fragte:

»Mein Herr, es ist gleich sechs. Aber ist es sechs Uhr morgens oder sechs Uhr abends?«

»Sechs Uhr Nachmittag«, antwortete dieser, und allein ihrer Schönheit wegen erwähne ich hier diese

Geschichte, nicht der Pointe wegen, denn die war von Anfang an klar.

In jedem Fall war es dunkel in dem Zimmer und es war wohl Abend. Alberta stand auf, knipste die Schreibtischlampe an und kehrte zu ihm zurück.

»Und das scheint mir nicht besonders kompliziert zu sein und auch nicht besonders schwer zu verstehen.« Ich wußte nicht, worüber Alberta jetzt sprach, ich hatte gänzlich vergessen, worüber wir gerade gesprochen hatten. Im Licht der Lampe leuchteten ihr gelbes Kleid und ihre Arme wie Mondlicht.

»Und das scheint mir nicht besonders kompliziert zu sein und auch nicht besonders schwer zu verstehen«, wiederholte sie, als wüßte sie, daß ich eine Wiederholung brauchte. »Sie, deine fatalen Waffenbrüder, reden ganz umsonst vom Wegkommen, es ist völlig unnötig, daß sie fiebrig darauf warten, entlassen zu werden, sie sollten geduldig dasitzen, daliegen und so lange dort bleiben, bis sie geheilt sind.«

»Ala«, erwiderte ich, als spräche Doktor Granada. »Ala, du hast die Mentalität eines Kindes. Sie sollten, das ist natürlich klar, nicht über das Rauskommen reden, weil sie überhaupt nicht von dort weg sollten. Es geht mir nicht darum, daß die Delirantenstation so etwas wie ein Lebenslang sein sollte, obschon es irgendwie klar ist, daß das Leben im Allgemeinen eine lebenslange Freiheitsstrafe ist. Es geht mir einfach darum, daß für Deliranten die Delirantenstation ein guter Platz ist. Ich sage es dir im geheimen, Ala, daß ich so manches Mal dachte, daß ich dort mein Leben lang leben könnte. Meine Waffenbrüder denken sich unaufhörlich irgendwelche Frontgeschichten aus, immer geht es um große oder kleine, in jedem Falle aber interessante Abenteuer. Die regelmäßigen Mahlzeiten, die dazu noch einigermaßen nahrhaft sind, die Abwesenheit von Radio, Fernsehen und Gesellschaftsspielen verleiten zu einer lausbubenhaften, aber inspirierenden Konspiration, im Grunde genommen herrscht dort eine erdrückende Niedergeschlagenheit, Nachdenklichkeit überwiegt dort bei weitem jede Art von Aktivität, mit einem Wort: Es herrscht die ideale Aura für Intellektuelle …«

»Oh, Gott, mein Gott, was bist du doch krank! Du redest nur unausgegorenes Zeug daher. Du bist wohl in einem permanenten Delirium oder was? Bist du damals, als du mich am Bankautomaten gesehen hast, falls du mich überhaupt gesehen hast und falls das wirklich ich war, bist du mir damals wirklich nachgelaufen oder ist dir das nur so vorgekommen?«

»Und jetzt«, fragte ich und meine Stimme zitterte

wieder und war unsicher, als wäre der stärkende Becherovka noch nicht in meine Adern gelangt, »und jetzt bist du hier? Sitzt du neben mir?«

»Ja, jetzt bin ich hier, jetzt sitze ich hier und spreche zu dir.«

»Ich liebe dich, Ala«, sagte ich. »Ich liebe dich, wie ich noch niemals jemanden geliebt habe.«

»Weißt du was, Liebster?« Ala strich mir über das Kinn und ich glaube, sie streichelte sogar meine mit trunkenen Stoppeln bewachsene Wange, »weißt du was, mein Allerliebster? Ich weiß, daß du delirös betrunken bist, ich weiß, daß du Halluzinationen hast, ich weiß, daß in deinem Kopf alles verdreht ist, aber von alledem einmal abgesehen, und auch aus reiner Neugier frage ich: Wie vielen Frauen hast du das schon gesagt? Wie viele Male hast du elender Hurensohn dieses dein Berühmtes: ›Ich liebe dich über alles‹ gesagt?«

»Nur dir sage ich das. Das heißt, in dieser ehrlichen und intensiven Form sage ich das nur dir. Vielleicht ist es vorgekommen, daß ich eine ähnlich oder gar identisch klingende Wendung schon einmal gebraucht habe, aber dann war das rhetorischer Zynismus. Wie jedes Männchen, das sich danach sehnt zu kopulieren, gab ich vor, es wäre Liebe.«

»Und die Frauen haben dir geglaubt? Hat dir überhaupt jemals jemand geglaubt? Wer war das? Was waren das für erzdumme Gören? Hast du es ausschließlich mit Perversen zu tun gehabt, die sich unwiderstehlich zu dem phantastischen Duft von schlecht verdautem Kräuterwodka hingezogen fühlten?«

»Willst du eine ehrliche Antwort?«

»Ja, eine ehrliche.«

»Aber bedenke, daß ich dich verletzen kann, wenn ich ehrlich antworte ... Vielleicht empfindest du mir gegenüber dann sogar körperlichen Ekel«, fügte ich schalkhaft hinzu.

»Ich habe den Eindruck, daß ich bisher keine besondere Faszination für deine gallertartig zerfließende Person empfunden habe. Natürlich hat es mir gefallen, daß du aussahst, als hätten dich meine Gedichte in Begeisterung versetzt, aber ich weiß ja nicht, ob das nicht nur trunkene Euphorie war.«

»Ich frage noch einmal: Soll ich dir ehrlich antworten?«

»Ja, ehrlich.«

»Ehrlich?«

»Ich habe in meinem ganzen Leben niemanden gesehen, der dem Trinken so verfallen ist wie du. Ich habe auch niemanden gesehen, der ein so nerviger Trinker ist wie du.«

»Dann höre mein schändlich ehrliches Bekenntnis, Ala-Alberta: Meine Frauen unterhielten für mich private Ausnüchterungszellen. Ich habe meine Frauen wie Angestellte meiner privaten Entgiftungsstationen behandelt. Ich, der Trinker, hatte ein eigenes Netzwerk von Ausnüchterungszellen, deren Leiterinnen meine Verlobten waren – nacheinander oder auch gleichzeitig. Wann immer es nötig war, rief ich an, fuhr hin; wenn ich dazu nicht in der Lage war, kamen sie angefahren und nahmen meinen Kadaver zu sich, und unterzogen ihn einer fürsorglichen Heilung.

Das falsche Filmsternchen führte meine private Ausnüchterungszelle, die uruguayische Fußballspielerin hielt immer eine elegant ausgestattete Rettungsstation für mich bereit, und Joacha der Schrecken von Tworki leitete eine vergleichbare Einrichtung für mich. Bacha die Maklerin wartete immer mit einer sicheren Bettstatt, Vitaminen, Säften und sogar Infusionen auf mich, und das Völlig Unverantwortliche Rotznäschen war ebenfalls Chefin meiner privaten, sehr ernstzunehmenden Entgiftungsklinik. Ich führe hier nur die wichtigsten Namen an, es gab natürlich auch jede Menge zufälliger und vorübergehend tätiger Hilfskräfte.

Ich hatte auch Engel um mich, die zu mir kamen, das heißt genauer: zu meinen schon zu keiner Bewegung mehr fähigen sterblichen Überresten. Und mein Zimmer, in dem wir uns befinden, verwandelte sich in eine Intensivstation. Natürlich standen diesen Unglückseligen unterschiedliche Möglichkeiten zur Verfügung. Von den ausgesuchtesten Apparaturen, Medikamenten der neuesten Generation und praktisch unbegrenzten Finanzmitteln, über die Bacha die Maklerin verfügte, bis zur völlig chaotischen Hilflosigkeit und mangelnden Qualifikation, welche die in diesem Zusammenhang von mir noch nicht erwähnte Katastrophen-Asia charakterisierten.«

»Weißt du was«, unterbrach mich wohl gerade noch zur rechten Zeit Alberta, »ich überlege mir, was schlimmer ist: Daß du nicht normal leben kannst, oder daß du nicht normal reden kannst. Ich meine, du hast eine vom Wodka aufgequollene Zunge und eine verholzte Kehle. Du redest völlig schwülstig daher. Woher hast du diese Namen? Red normal, fang endlich an, normal zu leben.«

»Wer, wann und wo hat gesagt«, meine Stimme wurde giftig »wer, wann und wo hat gesagt, wer, wann und wo hat geschrieben, daß ich ein normales Leben führen muß?«

»Was ist dann dein Leben? Unnormal? Außergewöhnlich? Genial? Krank?«

»Ich lebe ein außergewöhnlich unglückliches Leben, Ala.«

»Reiß dich zusammen und fang endlich an, moderat, aber glücklich zu leben.«

»Moderat, aber glücklich? Das ist doch ein Widerspruch in sich!«

»Das ist kein Widerspruch. Wenn du das begreifst, wirst du aufhören zu trinken.«

»Alberta Ala, Alberta Lulaj, Autorin ergreifender Gedichte, zuerst habe ich gedacht, daß du die größte Liebe meines Lebens bist, um so größer und tragischer, als du für immer an der Ecke, wo sich die Johannes-Paul- und die Pańska-Straße kreuzen, verschwunden schienst, dann dachte ich, daß du Mitglied einer Bande rätselhafter Gangster bist, dann, daß du eine außerirdische Erscheinung bist, dann im Verlauf unseres Gesprächs dachte ich, daß du die mir am nächsten stehende Person der Welt bist, und jetzt sehe ich, daß du allereinfachst und gewöhnlich eine aufdringliche Therapeutisse bist, ja, du bist eine Therapeutissen-Hornisse, eine Therapeutösen-Möse ...«

Für eine gute Weile schaute sie mich mit ergreifender Traurigkeit an, dann sagte sie:

»Ich will nicht und wünsche es nicht, daß du mir in irgendeiner Weise hilfst, meine Gedichte zu drucken.

Ich komme selbst zurecht. Ich verspüre die absolute innere Gewißheit, daß ich es alleine schaffe. Und du, armes Würstchen, kannst dich nurmehr betrinken.«

Und Alberta goß mir das Glas bis zum Rand voll, das ich sofort und in einem Zug austrank, denn ich konnte bereits in vollen Zügen trinken. Und ich brauchte das. Ich war so unendlich leer und ausgehöhlt, daß mich nur das unendliche Nichts ausfüllen konnte.

15
HIMMELBLAUE WIESEL

Nachdem ich die Wanne mit heißem Wasser gefüllt, die Wäsche darin eingeweicht und eine Überdosis Omo Color dazugeschüttet hatte, legte ich die Zeitungen zusammen. Sie lagen überall, und die durch sie geschaffene Unordnung war, wenngleich auch nur oberflächlich, optisch niederschmetternd. Wenn ich während einer Trinkstrecke morgens die nächste Flasche, die nächsten zwei oder drei Flaschen, oder das nächste Dutzend Bierdosen holen ging, kaufte ich auf dem Weg immer eine erkleckliche Zahl von Zeitungen. In trunkenem oder verkatertem Zustand, besonders in verkatertem Zustand, wenn ich von der ersten morgendlichen Portion deprimiert war, kaufte ich erheblich viel mehr Zeitungen als normal. (Ich sollte wohl eher sagen, unnormal, denn normal war ich unnormal betrunken, nüchtern war ich unnormal selten – wieder erhebt die verführerische Bestie trunkener Rhetorik ihr Haupt: trinken – furchtbar; über das Trinken schreiben –

furchtbar; trinken, schreiben und die Bestie trunkener Rhetorik schelten – furchtbar, furchtbar, furchtbar). Ich kaufte alle Tageszeitungen, die jeweils an diesem Tag erschienen, ich kaufte die Boulevardblätter mit ihren schamlosen Angeboten, ich kaufte Wochenzeitungen, Illustrierte, Frauenmagazine (besonders solche, die der Mode, der Kunst des Schminkens und den brennenden Fragen der Hautpflege gewidmet waren), ich kaufte literarische Monats- und Vierteljahreszeitschriften, und sogar ein paar Fachzeitschriften. Je nach Laune wählte ich entweder eine Jagdzeitschrift aus, oder eine medizinische oder eine astronomische. Danach lag ich für ein paar Stunden auf dem Sofa, bis zur nächsten Bewußtlosigkeit, und studierte die Presse. Unvergeßliche Augenblicke der Homöostasie zwischen der einen und der nächsten Bewußtlosigkeit. Mein Geist war aufnahmefähig, die Gedanken beschwingt, und ich las alles von vorne bis hinten. Ich las die Agenturnachrichten aus dem In- und Ausland, ich las die Aufmacher und die politischen Kommentare. Ich studierte die Wirtschaftsseiten, aus denen hervorging, daß Polen der wirtschaftliche Tiger Osteuropas war, ich schaute die Sportseiten durch, aus denen hervorging, daß Polen gegen jeden gewinnen konnte, ich vertiefte mich in die Lektüre der religiösen Spalten, aus denen hervorging, daß Polen alle erlösen kann. In hilfloser Aufdringlichkeit starrte ich die Fotografien schöner Gymnasiastinnen an, ihre phänomenal abgemagerten Schultern erweckten eine ungewisse Unruhe in mir, und um diese Unruhe wenigstens ein klein wenig zu lindern, trank ich jedes Mal ein klein wenig, trank ich jedes Mal einen kleinen Schluck.

Jetzt ... Jetzt, also wann? Nach dem ersten stabilisierenden, oder nach dem zweiten, beflügelnden halben Liter? Jetzt? Nach der verlogenen Ausnüchterung? Jetzt? Nachdem ich rausgekommen war? Nachdem ich reingekommen war? Nachdem ich heruntergekommen war? Jetzt – nach drei oder vielleicht sechs Wochen, nach vierzig oder vielleicht hundertundvierzig Tagen.

Jetzt, nach der Rückkehr von der Delirantenstation, erinnerte ich mich an keinen der Artikel, die ich in den homöostatischen Augenblicken (zwischen der ersten und der nächsten Bewußtlosigkeit) gelesen hatte; hin und wieder kam mir die knallige Titelseite einer Illustrierten, die Fotografie einer hinreißenden Anorexöse in einem Kleid von Denim nebelhaft vertraut vor, als hätte ich sie im Traum oder in einem früheren Leben schon einmal gesehen.

Die Stöße vergilbter, mit körnigem Staub bedeckter Zeitungen stapelten sich überall, ich legte sie methodisch zu liebevoll nach Format geschichteten Paketen zusammen, die ich anschließend auf den Müll trug. Ich könnte sagen, daß ich die Spuren meiner trunkenen Exzesse auslöschte, daß ich einfach die Wohnung sauber machte, daß ich alles wegschaffte, was an meine trunkene Erniedrigung erinnerte; was nur irgend möglich war, löschte ich aus und wischte ich aus meinem sowieso hinreichend unleserlichen Gedächtnis. So könnte ich sagen, aber es wäre nicht die Wahrheit. In der Sprache des Trinkers kann sich auch der allereinfachste Ausdruck wie zum Beispiel »Ich mache die Wohnung sauber« als von falscher Rhetorik aufgebläht erweisen. Ich machte die Wohnung sauber, aber ich war mir nicht sicher, was ich tat, ich war mir nicht sicher, wo ich war, ich wußte nicht, was eigentlich in meinem oder vielleicht auch nicht meinem Haus geschah.

Nach sechs Wochen kehrte ich von der Delirantenstation zurück, ich fuhr mit dem Taxi, ich betrat und verließ die Kneipe »Zum Starken Engel«, betrat und verließ ein Geschäft, fuhr mit dem Aufzug, ich öffnete die Tür und stand lange benommen auf der Schwelle. Wer war hier gewesen, als ich nicht da war? Wer hatte hier während der Abwesenheit des Hausherrn gehaust? Wer hatte sich in fürchterlichen Qualen in meinen Laken gewälzt? Wer hatte Schweiß bräunlich wie Urin geschwitzt? Wer hatte ein schwarzes Laken hinterlassen?

Wer hatte hier *Der Zauberberg* gelesen und war bis auf Seite 27 gekommen, denn auf dieser Seite lag das geöffnete Buch auf dem Teppich? Welche fleckigen Ratten, welche blauen Wiesel mußten sich hier eingenistet haben? Wer hat meine Zeitungen gelesen? Wer hat hier Zigaretten geraucht und seine Kippen überall herumliegen lassen? Wer hat in meinem Sessel geschlafen? Wer hat mein Handtuch im Badezimmer auf den Boden geworfen? Wer hat im Flur den Tigerschal liegen gelassen? Welche Persönlichkeiten, welche Geister haben sich hier herumgetrieben? Ja, Ratten und Wiesel müssen sich hier eingenistet und während ihrer nächtlichen Jagden und Kämpfe alles zerstört und alles durcheinandergewirbelt haben.

Woher aber die erstickende Aura von Ausschweifung, woher die Körperlotion, woher das Haar auf dem Kopfkissen, woher die vielen Gegenstände, die eine Frauenhand von einem Platz auf den anderen gestellt hat? So manches Mal, wenn ich in den nassen Bettüchern lag, schien es mir, als zögen Schatten durch die leeren Zimmer, Schatten magerer Gymnasialschülerinnen, Schatten meiner Ex-Frauen beugten sich über mich, verführte Grünschnäbel öffneten die Fenster, Novizinnen kochten nahrhafte Suppen in der Küche, Hilfsschwestern stützten mir die Stirn und halfen mir mit sanften Worten bei der frommen Anstrengung des Reiherns. Fotografinnen so schön wie ein Traum machten Aufnahmen von mir, flinke Reporterinnen führten tiefgründige Interviews mit mir, hier unter ihnen sollte ich die letzte Liebe vor dem Tod finden, ich streckte die Hände aus und griff in die Dunkelheit. Jemand ging durchs Zimmer, jemand lag in meinem Bett und schrie, schrie mit lebloser Stimme.

Ich setzte die Flasche an meinen mir fremden Mund, der Wodka wollte zuerst nicht fließen, und dann floß er, floß in schwefelig brennendem Strom durch meinen ausgetrockneten Mund, meine Kehle, zuckte wie Feuersflammen, rauschte wie ein nach den Regenfällen der Johannisnacht plötzlich angeschwollener Bach, die durchsichtige Flüssigkeit war wie ein Skalpell, sie floß durch meine Innereien und schnitt sie entzwei, der Strom glühender Lava fraß sich durch ein abgestorbenes Land, suchte den geheimen Ort, suchte die Bucht der heiligen Ruhe.

Irgendwo in meinen Innereien, zwischen dem Zwerchfell, dem Herz und der Lunge, zwischen den Atmungsorganen und der Blutpumpe, zwischen der Lunge und dem Rückgrat war ein negatives Chakra, eine anatomische Lücke, ein intramuskuläres oder vielleicht intraossales Loch von spindelförmiger Gestalt und einem Volumen von einem halben Liter. Ich war wie ein schwerer Schrank aus einer Werkstatt von Kalvarienberg, mit einem leeren Geheimfach, ich nahm einen Schlüssel, silbrig wie der Flaschenverschluß, öffnete in mir ein dunkles Türchen und lagerte unter meinem hölzernen Herzen einen halben Liter Kräuterwodka, und mein Herz begann, Blut zu pumpen, und meine Lungen füllten sich mit Luft, die Morgendämmerung kam, über der Bucht der heiligen Ruhe hoben sich dunkle Nebel, ich war leicht wie eine Wolke und glücklich wie ein Rekonvaleszent, ich trank noch einen gut taxierten Schluck, stützte meinen Hinterkopf auf das Kissen und starrte entspannt an die Decke. Und mein Blick durchbrach die Decke, und mein Blick durchbrach alle Balken und Decken über meiner Decke, und er durchbrach die dunkle Luft über Krakau und über Warschau, und drang durch die Schicht niederer Wolken und durch die Schicht hoher Wolken, und drang durch den hellblauen Himmel und den dunkelblauen Himmel, und gelangte zu den schwarzen Sphären; und in dem schwarzen Himmelsgewölbe, das so schwarz war wie ein Smirnoff oder so schwarz wie ein Johnny Walker, sah ich Sternbilder. Wieder sah ich den Kometen über Czantoria und wieder sah ich das Sternbild des Starken Engels.

Himmlischer Vater mein, betrunkener Vater mein, betrunkener Vater meines betrunkenen Vaters, und alle meine trunkenen Urgroßväter, und alle meine trunkenen Vorväter, und auch alle mit mir nicht verwandten Fatalisten, die ihr das Sternbild des Starken Engels gesehen habt und die ihr wißt, wo es liegt, alle, die ihr in seinem dunkelblau-güldenen Schein geboren und gestorben seid, ich grüße euch.

Ihr standet bei mir, mit Mühe nur hieltet ihr euch auf den Beinen, doch treu eurer Berufung als Lehrer und Eltern, standet ihr bei mir; es war bei mir Oma Maria, die Besitzerin der Schlachterei, es war bei mir Großvater Jerzy, der Postvorsteher, und es war bei mir Großvater Kubica, der Großbauer, und mein Vater, der blutjunge Wehrmachtssoldat, und meine Mutter, die Studentin der Apothekerskunst, und es war bei mir Doktor Swobodziczka, alle wart ihr bei mir und mit zittrigen Händen und schwankenden Fingern zeigtet ihr mir das Sternbild und die Sterne: das Nordlicht, den Großen Wagen und den Großen Bären, das Haar der Berenike, Andromeda, die Pleiaden und die Spur der Milchstraße. Der Fluß gurgelte, die Bäume rauschten, die Berge standen unbewegt von euren Worten und eurem Atem wie sie standen, und über allem, ob Norden, ob Süden, ob oben, ob unten, über allem war das Sternbild des Starken Engels. In der Dunkelheit konnte ich problemlos alle Sterne sehen, die zu ihm gehörten: Sieben Sterne bezeichneten seine zerfließenden Umrisse, drei den nach hinten geneigten Kopf, vier den nach hinten gerutschten Hut, fünf helle Sterne zeichneten die erhobenen Arme, neun markierten die Flügel, und zehn, funkelnd wie Orangenschnaps, bildeten eine Flasche, die an den dürstenden und von einem ganz dunklen Stern gezeichneten Mund gedrückt war. Zu seinen Füßen: Zentaur, Wasserschlange und Waage, zur Rechten: Löwe, Bootes und Jungfrau, zur Linken: Laute, über ihm: Dunkelheit.

16

WEIHNACHTSLIED

Wir saßen am Tisch, wir waren mit den Selbstmördern zusammen und die Schwestern ließen uns nicht aus den Augen. Simon die Güte Selbst erzählte zum hundertsten Mal von seinem letztjährigen Fieberwahn, durch den der Erzengel Gabriel auf einem luftigen Schlitten gefahren war, oder vielleicht sogar der Herrgott selbst. Die papiernen Tischtücher raschelten, als hätte man sie mit Stärke traktiert, die Kerzen brannten, die Selbstmörder tranken schön und nachdenklich, aber zur Bescherung erschienen sie mit leeren Händen, mein Gott, darauf waren wir vorbereitet. Am Tische saßen: Ich, Don Juan Ziobro, Fanny Kapellmeister, die Königin von Kent, Simon die Güte Selbst, Kolumbus der Entdecker und die anderen, weniger deutlichen Personen, das heißt der Meistgesuchte Terrorist der Welt, der verächtliche Zuckerkönig, der greise Held Sozialistischer Arbeit und die Selbstmörder. Die Schwestern ließen uns nicht aus den Augen, und weil sie alle bereits in die weihnachtliche Schnapsflasche geschaut hatten, beobachteten sie uns genauestens, starrten uns mit jener gesteigerten Form trunkener Aufmerksamkeit an.

Früher, im alten Polen noch, vor dem Fall der Berliner Mauer, als es noch keine Trennung nach Deliranten, Schizophrenen und Selbstmördern gab, also vor langer Zeit, als ich hier zum ersten oder dritten Mal von den Toten auferstand, was war da los, wenn so ein Selbstmörder spurlos verschwand, wenn er sich in dem hiesigen, noch aus Kaiser Franzens oder des Zaren Nikolaj Zeiten stammenden Labyrinth verirrte! Die Schwestern, Pfleger, Doktores, Sanitäter, Hilfsschwestern, Sankafahrer, alle suchten sie ihn, sogar die Köchinnen stiegen auf den hölzernen Treppen zum Dachboden empor! Man wußte ja, daß er am wahrscheinlichsten dort oben hängen würde, am Balken unter dem First, oder in der Kammer hinter dem Trockenraum ausblutete, die Adern mit einem Stück Glas zerschnitten. Aber so war es nie. Der verlorene Selbstmörder fand sich schnell, meistens harrte er reglos beim letzten Fenster am Ende des Flurs und schaute durch die unbeschädigte und fast blinde Scheibe auf das schneebedeckte Feld, auf die Ziegelwand der österreichischen oder russischen Kaserne, auf den ozeanischen Rauch, der aus den Pyjamas der Geistesgestörten oder den Öfen der Lenin-Hütte emporstieg.

Seit dieser Zeit liebte ich die Selbstmörder, ich liebte sie wegen ihres Ernstes, mit dem sie den Rasen, ein Mauerstück oder eine dunkelblaue Wolke betrachteten.

Zur Bescherung kamen sie mit leeren Händen, in Pyjamas, in Morgenmänteln, jeder zweite hatte bandagierte Handgelenke. Die Schwestern von der Station der Selbstmörder, die sie begleiteten, waren schön, schlank und teuflisch nervös, offenbar glaubten sie, es sei leichter, das dem Kopf entfliehende Stück einer Mauer, des Rasens oder des Himmels zu bewachen, als mit den Selbstmördern auszugehen; ein typischer Trugschluß der ... – sagen wir es deutlich: der Jugend.

Sie kamen mit leeren Händen, aber wir waren darauf vorbereitet, sie zu bewirten. Die im Gesellschaftsraum zu einer Tafel zusammengestellten Tische hätten sich unter der Last der Speisen gebogen, wären die laminierten Tischplatten nicht unzerbrechlich wie Granit gewesen. Vor allem gab es Rote-Beete-Suppe mit Kartoffeln, dann panierten Dorsch, dann chinesische Suppen verschiedener Geschmacksrichtungen, diverse Käsesorten, insgesamt sechs, glaube ich, eingelegte Gürkchen, jede Menge Salzletten, Chips, vier Dosen Sprotten, zwei Gläser Rollmöpse, Orangen, Mandarinen, Äpfel, Wekken, Hefestückchen und eine Bonbonniere. Was man eben hatte, was jemand bekommen hatte, was man am

Kiosk im Erdgeschoß eben kaufen konnte. Doktor Granada hatte mit uns schon am Mittag die Oblaten gebrochen, jedem hatte er Gesundheit und Alles Gute gewünscht, dann hatte er sich seinen ewigen Schafspelz über die Schultern geworfen und war in seinen Ford Sierra gestiegen und in irgendwelche völlig überflüssigen, ungewissen und aus unserer Sicht überhaupt nicht existierenden Himmelsrichtungen davongefahren. Gesundheit und Alles Gute wiederholten wir jetzt mit kindlichem Ernst, die Selbstmörder waren nicht einmal imstande, Gesundheit und Alles Gute auszusprechen; so delikat wie das auf dieser Welt nur möglich ist, erwiderten sie den Druck der Hände, die unmerkliche Andeutung eines Lächelns glitt über ihre romantischen Antlitze. Wir aßen schweigend, das Abendmahl verlief ohne komplizierte Ansprachen und ohne lebhafte Dialoge. Allein der Zuckerkönig, angetan mit einem grell smaragdfarbenen Trainingsanzug, verhielt sich wie üblich bemitleidenswert unbekümmert. Über seinem Teller quetschte er bereits die dritte chinesische Suppenpackung aus und mit niederträchtiger Routine übergoß er die trockenen Bestandteile mit siedendem Wasser aus einem Teekessel, der die Größe eines Nachttischchens hatte.

»Die Suppe ist das Fundament«, sagte der Zuckerkönig. »Die Suppe ist der Grundstock. Eine gut zubereitete Suppe ist von absolut grundlegender Bedeutung. Die Suppe schafft das Zuhause, kann man sagen. Bei uns zu Hause, verehrte Anwesende, bei uns zu Hause gab es an Heiligabend vier Arten von Suppen. Ja, so ist es«, wiederholte er triumphierend, »vier Arten von Suppen: Rote-Beete-Suppe ohne was, Rote-Beete-Suppe mit Öhrchen, Pilzsuppe und Sauermehlsuppe. Außerdem natürlich Karpfen, Hecht in Aspik, Bigos, Kutia …«

Wir senkten uns und unsere Köpfe immer tiefer, das graue Haar der Königin von Kent berührte die Papierserviette, Kolumbus der Entdecker holte unter der Jacke die französische Übersetzung des Neuen Testaments hervor und begann darin zu blättern, wieder verließen zwei Schwestern den Saal, und zwei andere kamen aus dem Dienstzimmer zurück; als wären sie verzehrt von einem unergründlichen Verlangen, spazierten unsere immer engelhafteren Engelinnen ständig dort hin und wieder zurück, einzig die Selbstmörder verharrten ungerührt und kerzengerade, konzentriert wie eine Olympiaauswahl vor dem Start.

»Mein Gott, wie primitiv!« stöhnte der Meistgesuchte Terrorist der Welt.

Unpassende Monologe zu halten war in gewisser Weise eine Spezialität des Zuckerkönigs. In jeder Situation vermochte dieser wohlhabende Unternehmer, der er im Zivilleben war, etwas Unpassendes zu sagen, und damit nicht genug: Seiner eigenen Desperation nicht bewußt, verrannte er sich immer mehr und breitete riskante Thesen aus. Wenn er sich dann schließlich beherrschte und das Ausmaß seiner Taktlosigkeit begriff, kam das Allerschlimmste: Beschämt brach dieser korpulente Sechziger in seinem smaragdfarbenen Trainingsanzug in schauerliche Weinkrämpfe aus, und oft vermochte ihn lange niemand zu beruhigen. Diesmal kamen die Tränen schnell. Dem taktlosen Monolog gelang es nicht einmal, sich zur gänzlichen Taktlosigkeit zu entfalten, als die in Smaragd gehüllten Schultern des Zuckerkönigs bereits zu zittern begannen. Er hustete, grunzte wie ein Eber, jemand anderes hätte denken mögen, er habe sich verschluckt, aber nein, das war bereits ein von Tragik erfüllter Spasmus, in den dritten Teller chinesischer Suppe tropften die ersten Tränen.

»Mein Gott, wie primitiv!« wiederholte der Meistgesuchte Terrorist der Welt und dem herablassenden Ekel in seiner Stimme war sonderbare Bewunderung beigemengt.

»Das ist nicht primitiv«, der Held Sozialistischer Arbeit beeilte sich als erster, den Zuckerkönig zu beruhigen, und ließ dessen peinlichen Ausführungen eine mehr oder weniger ernstgemeinte Unterstützung zukommen. »Das ist nicht primitiv, das ist einfach klares Wissen. Wissen und Erfahrung. Ich zum Beispiel ...«, der Held Sozialistischer Arbeit spielte gekonnt Belebung vor und ein Wohlbehagen, das sein Innerstes durchrieselte, »ich zum Beispiel habe mir jedesmal erst einen großen Topf Suppe zubereitet, sobald ich nur zu trinken anfing – am liebsten Kohlsuppe ...«

»Sie lügen. Sie lügen um des Guten im Menschen willen«, diesmal war in der Stimme des Meistgesuchten Terroristen ein gelangweilter, jedoch unerbittlicher Widerspruchsgeist zu hören. »Sie sind selbst ein guter Mensch und deshalb lügen Sie, doch lügen Sie im generellen Sinne. Entweder fängt man an zu trinken, oder man kocht sich eine Suppe. Entweder oder, wie ein gewisser Philosoph gesagt hat.«

»Ich hatte die Absicht zu trinken, ja? Oder?« Wie es gutherzigen Menschen häufig widerfährt, packte den Helden Sozialistischer Arbeit ehrliche Wut. »Das Bedürfnis zu trinken gewann in mir die unerbittliche Oberhand, ja? Oder? Bevor dieses Bedürfnis die Grenzen der Unumstößlichkeit erreicht hatte, kochte ich eine Suppe, ja? Oder? Vielleicht war es nicht immer so, aber es war oft genug so, weshalb ich weiß, was das für eine

Linderung bringt: ein Schluck Kohlsuppe, sogar kalt. Bekanntlich hat man nur selten und nur für kurz Hunger. Manchmal weiß der Mensch gar nicht, daß er hungrig ist, er weiß nicht, daß er, als Beispiel, mitten in der Nacht aufwacht, daß er aufsteht, an den Kühlschrank geht, ihn aufmacht, manchmal weiß der Mensch gar nicht, daß er den Topf nimmt, der Mensch weiß viele Sachen nicht, aber den belebend durch die Kehle rinnenden Schluck des eiskalten Suds spürt er sofort. Und dann«, der Held Sozialistischer Arbeit gewann mit neurotischer Lebhaftigkeit seine gute Stimmung wieder, »und dann, wenn man zu sich kommt, dann ist die Suppe auch unentbehrlich. Ich, als Beispiel, mag, wenn ich wieder zu mir komme, die Phase am meisten, wenn sich mein Mangel an Mineralsalzen ausgleicht. Und was gleicht den Mangel an Mineralsalzen am besten aus?«

Musik erklang. Don Juan Ziobro hatte eine Mundharmonika hervorgeholt und spielte die Melodie *Oh Jesulein süß, oh Jesulein mild* … Der Held Sozialistischer Arbeit redete noch reichlich, immer leiser, wie zur Begleitung der Weihnachtslieder, er hielt Lobreden auf mineralsalzreiche Kraftbrühen; die rührselige Melodie plus das sachliche Parlando – es war ein unbeschreibliches Duett. Wenn ich mir die Szene ausgedacht hätte, wüßte ich, wie ich sie beschreiben sollte. Aber ich war dort, habe alles gesehen und gehört und bin ratlos. Die schlichte Musik zog durch den Gemeinschaftsraum, durch das Dienstzimmer und durch alle anderen Zimmer der Delirantenstation, durch unsere löchrigen Köpfe zogen einzelne Verse. Don Juan Ziobro (im Zivilberuf Frisör und außerdem noch Musiker, wie er von sich sagte) spielte ein Weihnachtslied nach dem anderen, und wir konnten mit unseren entleerten Hirnen *Oh Jesulein süß* … nicht mitsingen, nicht eine einzige, aber auch keine einzige ganze Strophe. *Lobt Gott, ihr Christen alle gleich* spielte Don Juan Ziobro, *der heut schleußt auf sein Himmelreich*, kein einziges Wort mehr. Vielleicht war es bei diesem Lied, oder vielleicht bei *Vom Himmel hoch, da komm ich her* oder vielleicht bei *Oh, du fröhliche, oh, du selige*, daß Simon die Güte Selbst zum hundertundersten Mal anhub, von seinem Delirium im letzten Jahr an Heiligabend zu erzählen. So war es einfach, ich berufe mich nicht auf mein löchriges Gedächtnis, sondern auf mein liniertes Heft mit hundert Blatt, in dem ich am nächsten Tag gleich, an Weihnachten (vom eigenen Zustand entsetzt, entsetzt, daß ich die bekanntesten Weihnachtslieder nicht mehr kannte, nichts) damit begann, alles, buchstäblich alles aufzuschreiben. Ich schrieb Simons ganze weihnachtliche Erzählung auf, ich schrieb zwar nicht auf, bei welchem Weihnachtslied genau er anfing (schließlich und endlich hatte das keine große Bedeutung; und ich schrieb es nicht auf, weil ich mich schon am nächsten Tag nicht mehr daran erinnerte), dagegen schrieb ich die Abfolge der Stimmen auf, als wär's ein Abzählvers für Kinder: Bevor die erste Stimme aufhörte zu reden, begann die zweite zu spielen, bevor die zweite aufhörte zu spielen, begann die dritte zu erzählen.

An Heiligabend im vergangenen Jahr erwachte Simon die Güte Selbst aus einem unerwartet tiefen Schlaf. Seit Jahren hatte er nicht mehr tief geschlafen, der Traum vom tiefen Schlaf ist der unerfüllte Traum eines jeden Trinkers. »Mir persönlich scheint es«, sagte Simon und fuhr sich durch sein helles, glattes Haar und ließ seinen ewig verwunderten Blick seiner hellblau-glasigen Augen über uns schweifen, »mir persönlich scheint es, daß sich die Deliranz durch die Schlaflosigkeit erklären läßt, daß sie eine Funktion der Schlaflosigkeit ist. Denn so mancher säuft doch wie ein Loch, so mancher säuft wie wir alle zu unseren besten Zeiten oder sogar noch viel mehr, und was passiert? Gar nichts. Er schläft. Er schläft den Schlaf der gerechten Trinker. Er schläft zwölf Stunden, er schläft vierundzwanzig Stunden, er schläft einen Tag, zwei. Er schläft drei Tage und drei Nächte wie erschlagen und verbrennt im Schlaf das ganze säuferische Unheil. Hier dagegen ist ein Mensch ohne Schlaf, hier ist ein schlafloser Mensch, der trinkt wie's der Teufel befohlen hat, er schläft überhaupt nicht oder, was noch schlimmer ist, erwacht nach zwei oder drei Stunden aus einem haltlosen Schlaf, einem bewußtlosen, wenn auch flachen, einem paradoxen Schlaf. Du wachst nach zwei oder drei Stunden auf und bist weder nüchtern, noch betrunken, du kannst nicht aufstehen, aber du kannst auch nicht liegenbleiben, du nimmst keinen Roman aus dem neunzehnten Jahrhundert in deine zittrigen Hände, um dich von der Harmonie der Lektüre beruhigen zu lassen, du kannst nicht lesen, das Licht tut dir weh und du hast Angst vor der Dunkelheit, da ist nichts, nichts um dich her, du bist, als wärst du im Innern der Schale des Nichts, von nirgendwo kommt Hilfe, von nirgendwo Rettung, nur deine Hand, die kriechend wie ein unzüchtiger Wurm, wie eine niederträchtige Amphibie nach der Flasche sucht, die mit Bedacht, ja mit Bedacht am Kopfende abgestellt wurde, und du hebst die Flasche, und trinkst mit Verzweiflung im Herzen, denn du weißt, daß dir jetzt nur noch schlimme Dinge widerfahren werden. Und du trinkst ins Nichts, in die Dunkelheit, in die Einsamkeit, du trinkst einer flüchtigen und falschen Erleichterung wegen, denn unter allen allerschlimmsten Dingen scheint dir die nächste Stunde haltlosen Schlafs das geringste Übel zu sein.

Als Simon also aus einem unerwartet tiefen Schlaf erwachte, wunderte er sich über das, was geschah, wie er zu dieser Stunde, wie er in diesem Zustand so ruhig und so tief schlafen konnte? Er stand auf und trat ans Fenster. Er öffnete das Fenster, es war eine frostige Nacht zu Heiligabend, der Morgen war nicht mehr fern. Den Himmel bildeten Milliarden von gleichmäßig aufgereihten Flaschen, Milliarden Ströme skandinavischen Wodkas ergossen sich aus Milliarden von geöffneten und zugleich ewig gefüllten Flaschen, eine zentimeterhohe Schicht von Alkohol bedeckte alles: den Mond, die Sterne, den Schnee. Der Weltraum roch nach reinem skandinavischen Wodka. Der Klang von Glas hing sanft in der Luft, dann flogen Schlitten wie Flugzeuge durch die Luft, in denen der Herrgott in goldenem Trainingsanzug saß.

»Warum bin ich unglücklich?« fragte Simon.

»Das hat sich so ergeben«, antwortete Gott. »Nur so ging die Rechnung auf. Wenn du nicht trinken würdest, wärst du glücklicher, aber du würdest nur wenig verstehen.«

»Ich will nichts verstehen. Ich will, daß meine Hände nicht zittern und mein Herz keine Sprünge macht.«

»Dafür ist es eigentlich zu spät«, Gott schob seine goldene Baseballmütze zurück, »aber wenn du unbedingt willst, wenn du nur willst, könntest du es. Es ist eine Frage des freien Willens.« Gott räusperte sich. »Die Frage des freien Willens ist ausführlich beschrieben worden, meine Exegeten kennen mich besser, woran überhaupt nichts falsch ist. Exegeten müssen alles wissen. Ich weiß alles, auch wenn ich nicht alles weiß. Zum Beispiel weiß ich nichts über mein Unterbewußtsein, was klar beweist, daß ich eins hab. Ob Gott ein Unterbewußtsein hat? Natürlich hat er eins, denn er hat keinen blassen Dunst von ihm. Wenn er was davon wüßte, dann wär's ja kein Unterbewußtsein ...« Gott hielt inne und wurde auf einmal finster, seine Gedanken mußten ganz verbittert sein. »Auf Schritt und Tritt diese Paradoxa, die einen fix und fertig machen ... Dabei sind die Dinge ganz einfach, sogar die Frage des freien Willens ist einfach.« Gott schaute Simon an. »Du brauchst das nicht zu studieren oder zu lesen. Obwohl ...« Gott hielt kurz inne, »obwohl du Augustinus angelegentlich eines etwas leichteren Katers lesen könntest ... Generell ist es schon zu spät, aber wenn du nur willst, dann könntest du. Die Anstrengung ist eindeutig geringer, als es dir scheint. Es reicht, wenn du diese kleine Anstrengung nur wirklich auf dich nimmst und bis zum Ende ausführst. Wenn es dich schüttelt und wenn du dir sagst: ›Ich muß etwas trinken‹, denk einfach, daß du es nicht mußt, sag dir, daß du es nicht mußt, und tu es nicht. Zwing dich nicht selbst zum Trinken. Denn daß du ›trinken mußt‹, heißt, daß du unter Zwang trinkst. Vermeide diesen Zwang. Zwinge dich zum Nicht-Zwang. Trink am nächsten Tag nicht. Trink einfach nicht am nächsten Tag. Trink am nächsten Morgen nicht, am Mittag und am Abend. Du mußt es nicht. Trink am nächsten Tag nicht und das reicht schon. Zumindest vorläufig.« Gott schnalzte mit der Zunge und der Schlitten fuhr los. »Vorläufig. Wir fahren jetzt, wenn du erlaubst, zu anderen wunden Punkten der Erdkugel.«

Diesmal erzählte Simon die Güte Selbst (im Zivilberuf Jurastudent) von einem Treffen mit Gott, aber in den früheren, den anderen Variationen dieser Geschichte saß in dem himmlischen Schlitten entweder der Erzengel Gabriel oder der Heilige Nikolaus oder einer der auf diesem ungewöhnlichen Weg nach Bethlehem eilenden Monarchen und Weisen dieser Welt. Simon war sich nicht sicher; erst im nächsten Jahr, wenn er verrückt wird, wenn er sich für die Verkörperung

Johannes des Täufers hält, wenn er, in ärmlicher Kleidung aus dem Fundus des Pfarrhauses, Polen bei Sonnenglut, bei Regen und Schneegestöber durchwandern und die *Neuerliche Wiederkehr* und den Untergang ankündigen wird, erst in einem Jahr wird er die unerschütterliche Gewißheit erlangen, daß damals der Engel in dem Schlitten saß, derselbe Erzengel Gabriel, der zu Zacharias gesagt hat: »Wein und starkes Getränk wird dein Sohn nicht trinken und wird erfüllt werden mit dem Heiligen Geist.«

Der himmlische Besucher entfernte sich und verschwand in frostiger Ferne, aber in Simon begann sich wie eine sanfte Lawine etwas Gutes in Bewegung zu setzen, es durchfloß ihn ein wohlmeinender Strom mildgestimmter Wolken. Ganz deutlich spürte er eine große Rührung und zum ersten Mal dachte er, daß das, was in ihm war, heilig sei. Selbst wenn ich nur mein eigenes Blut fließen hörte, bedeutet das, daß ich auserwählt bin. Aber das war nicht das Geräusch des Bluts, das waren nicht unangenehme Sprünge des Pulses, das war keine vom nahen Ende kündende Erstarrung der Innereien und auch kein Asthma, kein Fieber und kein Zittern. Gottes Mühle in Simons Herzen kam langsam in Fahrt, währenddessen er sehr wohl verstand, daß jetzt Arbeit auf ihn wartete, daß er den Windmühlen der

Himmel und den Handmühlen der Engel würde dienen müssen, die sich in den Tiefen seiner Seele gezeigt hatten.

Wir saßen am Tisch: ich, Don Juan Ziobro, Fanny Kapellmeister, die Königin von Kent, Simon die Güte Selbst, Kolumbus der Entdecker und die anderen, weniger hervorstechenden Figuren. Don Juan Ziobro, im Zivilberuf Frisör und außerdem Musiker, wird in ein paar Monaten sterben. Ich werde zu seiner Beerdigung kommen. Simon die Güte Selbst wird den Verstand verlieren, die aschgrauen Haare der Königin von Kent werden schon bald gänzlich zu Asche werden, Kolumbus der Entdecker, im Zivilberuf Professor der Gesellschaftswissenschaften, wird versuchen, zu seinem früheren, nicht mehr existenten Leben zurückzukehren. Vielleicht gelingt es ihm.

Ja, so ist es: ins Zivilleben, im Zivilleben, verzweifelt wiederhole ich die Wendungen der Soldaten, unser Leben vor der Sucht, das war ein Leben in Zivil, wir hatten in jenem Leben intakte Haushalte, unsere Mütter lebten, wir waren mit unseren Frauen, Verlobten, Kindern zusammen. Wir hatten Mittagessen, Abendessen und Frühstück. Wir unterschieden in jenem Leben den Geschmack der Speisen, die Jahres- und die Tageszeiten. Abends schliefen wir ein, morgens wachten wir auf, machten uns in unseren noch nicht vom Feuer verzehrten Werkstätten nützlich. Die Stadt stand klar und ungerührt auf einer taubengrauen Wolke, der Geruch von Kaffee und Abgasen erfüllte die Straßen, die junge Frau in dem gelben Kleid blieb vor einer Auslage stehen, und auch wenn es uns nur so vorkam, so existierten wir doch. Wir lasen Zeitungen, gingen in Buchhandlungen, hörten Musik, das Eis mit Schokoladenüberzug schmeckte, wir schauten uns Fußballspiele an, fuhren mit der Straßenbahn. Aber all das ist längst vergangen, existiert nicht mehr, viele Jahre lang dauerte der große Krieg, wir waren Soldaten einer besiegten und belagerten Armee, einer selbsternannten Armee, wider alle Vernunft ergaben wir uns nicht, seit langem gab es kein Zurück mehr, aus unseren Häusern kamen keine Nachrichten zu uns, der dunkle Ring teuflischer Kräfte legte sich immer enger und unerbittlicher um uns. Wir schliefen ein, die Stirn gegen die Wand jedes zufällig verfügbaren Schützengrabens gepreßt, eine Kanonade des Herzens weckte uns, niemand wußte, seit wann wir die Uniformen nicht mehr gewechselt hatten, wir aßen, was uns gerade in die Hände fiel, nur unsere Feldflaschen waren wie durch ein Wunder immer gefüllt, Selbstgebrannter von immer schlechterer Qualität hielt uns an einem Leben, das immer kürzer wurde. Don

Juan Ziobro spielte noch einmal die Orgel, er spielte jetzt die Melodie eines unbekannten und vergessenen Weihnachtslieds, ich hatte es früher einmal gehört, jemand, der einmal bei mir gewesen war, hatte die Melodie gesungen und auf dem Klavier gespielt. Vielleicht war mein Großvater, der Alte Kubica, über den Platz gegangen und hatte es gesungen? Vielleicht summst du es und stellst den leeren Teller auf das weiße Tischtuch? Vielleicht hört die fast gänzlich schwarze Katze auf der Fensterbank das Weihnachtslied in einem verlassenen Haus?

Ich höre es deutlich wie im Traum: In dieser Musik ist die Kraft des nahenden Todes und es ist in dieser Musik die Kraft, den nahenden Tod aufzuhalten, die wahre schriftstellerische Kraft, den Lauf der Ereignisse umzukehren. In dem Heft mit den hundert Blatt will ich schließlich noch niederschreiben, was am schwierigsten ist (genau die richtige Aufgabe für den eigenen Hochmut): die Geschichte eines Menschen, der sich erhebt, Kräfte sammelt und aus der riskanten Metapher des großen Krieges heil und siegreich hervorgeht. Ich will eine Literatur schenken, die aus der Schwäche befreit und so stark ist wie ein Weihnachtslied von Don Juan. Was ich brauche ist Gesundheit und Alles Gute, Ruhe, die Fertigkeit des Schreibens, die Leichtigkeit des

Herzens. Don Juan Ziobro spielt, als würde er sich selbst in ein paar Monaten von den Toten wiedererwecken, vor dem Fenster sieht man verschneite Felder, dunkle österreichische oder russische Mauern, die Wärme aus den Hochöfen reicht bis zum Stern von Bethlehem. Wir sitzen am Tisch, wir sind mit den Selbstmördern zusammen und die engelsgleichen Schwestern lassen uns nicht aus den Augen. Unter den weißen Häubchen unserer Engelinnen fließen die aufgelösten Haare hervor, ihre Gesten haben die uns wohlbekannte zusätzliche Gewandtheit, überaus geneigte Lichter leuchten in ihren Augen auf. Die schlanken Schönheiten von der Station der Selbstmörder erheben sich und die ersten bitten zum weihnachtlichen Tanz.

17

EIN BRIEF VON DER DELIRANTENSTATION

(Der Anfang der Handschrift ist selbst für die Empfängerin unleserlich, das Papier ist schlecht, kariert, DIN A4, Füllfeder, die Schrift wackelig, die Tinte dunkelblau.)

... seit ganzen fünf Monaten. Wenn ich ihnen sage, daß ich mich von meinem verderblichen Laster für Dich lossage, schauen sie verachtungsvoll. Wenn ich sage, daß ich mich von meinem verderblichen Laster für uns lossage, schauen sie verachtungsvoll; dann schweige ich lange, weil ich ja weiß, was die Therapeutissen-Hornissen erwarten. »Ich sage mich von dem Laster für mich los«, sage ich nach vorgeblichem Nachdenken und es ist gut, daß sie nicht erraten, was ich fühle, wenn ich ihr zustimmendes Lächeln sehe. Sie wissen nicht, was ich fühle, obschon sie es eigentlich wissen sollten. Schließlich sind sie Virtuosinnen im Benennen von Gefühlen und auch das bringen sie uns bei: wie man Gefühle benennt. Die Deliranz ist angeblich eine Gefühlskrankheit. Deliranten können ihre Gefühle weder definieren noch steuern. Das würde in diesem einen Fall sogar zutreffen: Ich kann dieses eine Gefühl, das viel größer ist als Liebe und das ich für Dich hege, nicht benennen. Und ich bin sicher, daß mein Laster von mir abfallen wird wie die Haut von einer Schlange. Mein Gott, wenn irgendeine der Therapeutissen diesen Satz lesen könnte, sie würde vor Entsetzen sterben.«

»Nichts geschieht von alleine, niemand macht es für dich, du mußt es selbst tun.«

»So ist es, ich werde gegen meine eigene Schwäche ankämpfen.«

»Kämpfen? Du willst kämpfen? Gegen wen? Gegen dieses Ungeheuer, das stärker ist als du und das dich mit Sicherheit besiegt? Du solltest dich ergeben. Gegen wen willst du kämpfen? Gegen Andrzej Gołota? Der Alkohol ist doch wie Gołota, im Kampf mit ihm hast du keine Chance, du wirst dich immer ergeben müssen.«

Solche Dialoge ertönen an diesem Ort, solche Rufe erschallen von hier und schweben wie Bittgebete zum bewölkten Julihimmel empor. Schlüsselwörter und beliebte Sinnsprüche der Therapeutissen (Alkohol ist wie Gołota oder Alkohol ist wie Tyson, oder Deliranz ist unumkehrbar wie ein amputiertes Bein, oder Deliranz ist wie Demokratie), beliebte Sinnsprüche der Therapeutissen und die absolute, allumfassende Obsession, in der ersten Person zu erzählen. Ich, ich, ich. Um Gottes willen nicht »man«. Um Gottes willen nicht »es« sagen. Um Gottes willen nicht »der Teufel« sagen. Um Gottes willen nicht die Mehrzahl verwenden.

»Ich hatte Geld verloren, das heißt, man hat mich bestohlen«, sagt der im Leben verlorene Janek, den wir wegen seiner ausgeprägten Neigung, überall Ordnung machen zu wollen, Held Sozialistischer Arbeit nennen. »Na, und so fing's an.«

»Was fing an?« fragen ihn die bis zur Weißglut aufgeheizten Therapeutissen.

»Das mit dem Trinken. Daß man trinkt«, sagt Janek, während die Frauen in fürchterliches Gelächter ausbrechen und losschreien:

»Man trinkt! Man trinkt! Man trinkt! Aber wer hat getrunken? Mantrinkt hat getrunken?« (tierisches Gelächter). »Wer trank?«

»Ich hab getrunken«, sagt Janek beschämt wie ein Kind und zum eigenen Verderben fügt er hinzu: »Ja, das reizt einen ganz fürchterlich zum Trinken. Da weiß man gar nicht, wie mit diesem Teufel fertig werden, wieviel einer da zum Beispiel mit dem Nachbarn trinkt! Mit dem Nachbarn haben wir in einem fort getrunken.«

Die Therapeutissen wurden endlich wieder ernst und brachten dem Helden der Sozialistischen Arbeit mit großem Eifer bei, daß es anstelle von »man«, richtig heißt: »ich«, und anstelle von »Teufel«, richtig: »Alkohol«, anstatt »wir tranken«, heißt es richtig: »ich trank« und anstelle von »in einem fort«, heißt es richtig: »jeden Tag« und das unter Angabe der Menge, des Datums und des Orts. Und zum Schluß wiederholten die Therapeutissen nochmals nachdrücklich: »nicht man trinkt«, sondern »ich trinke«.

Wie Du Dir denken kannst, polemisiere ich im Geiste heftig mit ihnen, obschon mir bewußt ist, daß meine Polemik nutzlos ist, meine Voraussetzungen sind andere, die Therapeutissen wollen die Wirklichkeit zur Ernüchterung bringen, ich will die Wirklichkeit zur Literatur bringen, und an einer bestimmten Stelle, da hilft nichts, trennen sich unsere Wege. Das ist mir vollkommen klar, aber trotzdem polemisiere ich. Wie allgemein bekannt, rede ich auf mich selbst ein, bezeichnet der Ausdruck »man« eine Person und tut dies uneingeschränkter und unvoreingenommener als das bloßgestellte und dadurch beim Sprechen über sich selbst schutzlose »Ich«. Es hat Schriftsteller gegeben, die ganze Bücher so geschrieben haben, ihre Handlung wurde die ganze Zeit durch »man« vorangetrieben: man ging, man sah, man fing an zu sterben. Und die erste Person Einzahl? Ich habe mich mit dieser Person und Zahl bis zum Hals und bis über die Ohren beschmutzt. Ich bin von Kopf bis Fuß mit der ersten Person Singularis bespritzt und beschmiert. Den Hoffnungen der Therapeutissen zum Trotz ist das überhaupt keine Garantie von Glaubwürdigkeit, von Wahrheit und ehrlicher Entblößung. Die erste Person Singular ist ein Element der literarischen Fiktion. Mein Gott, was für ein Glück und welch ein Instinkt: Genau jetzt das Ende der Literatur verkünden und mit reinem Gewissen einfach sagen zu können: Ich.

Ich habe Dich mein ganzes Leben gesucht, bin durch die Johannes-Paul-Straße, die Pańska-, die Żelazna, die Złota-Straße und die ganze Welt gelaufen, aber Du hast mich gefunden. Du hast mir einen Brief geschrieben, ich habe geantwortet und (wir bemerkten das damals noch nicht) schon unsere Briefe warfen sich in die Arme, unsere Sätze verknoteten sich miteinander, unsere Handschriften verknüpften sich, unsere Tinten vermischten sich so fließend miteinander, wie Dein Blut sich mit dem meinen verbindet. Ich suchte die letzte Liebe vor dem

Tod, und ich fand eine Liebe, die Leben gibt. Eine Liebe, von der ich in keinem Gedicht und in keiner Prosa gelesen habe. Eine Liebe, von der ich nicht wußte, daß es sie auf dieser Welt geben kann. Ich fand eine Liebe, die stark war wie ein Weihnachtslied von Don Juan. Ala-Alberta, du bist in einem Augenblick zu mir gekommen, als mir mein Leben schon egal war. Ja, seit mindestens zwei Jahren hatte ich keine rechte Lust mehr zu leben, es schien mir, daß ich, zumindest grob gesehen, das hatte, was ich haben wollte. Ich hatte geschrieben, was ich schreiben wollte, und ich sah, daß mein weiteres Schreiben nur mehr oder weniger das wiederholte, was ich bisher erlebt hatte. Man schreibt ein Buch und glaubt, daß sich die Welt verändern wird, sobald das Buch unter die Leute kommt. Das aber ist, wie ich Dir versichern kann, eine grobe Täuschung. Aber zu schreiben ohne den Glauben, das Schreiben würde die Welt verändern, das geht wirklich nicht.

Ich war mit schönen Frauen zusammen, ich habe ein Meer an Kräuterwodka ausgetrunken, ich habe schwer gearbeitet und mich dem Nichtstun hingegeben, ich habe Musik gehört (die Musik fehlt mir hier am meisten), ich habe die Klassiker gelesen, bin zu Fußballspielen gegangen, habe in meiner lutherischen Kirche gebetet und ich hatte den Eindruck, daß ich über die

Sachen dieser Welt soviel wußte, wie mir bestimmt war. Ich hatte den Eindruck, daß ich bis oben hin angefüllt sei, dabei war ich leer, ich war wie tönendes Erz. (Wie die Heilige Schrift sagt: *Selbst wenn ich zu trinken aufhörte und hätte die Liebe nicht, wäre ich wie tönendes Erz oder eine klingende Schelle.*) Selbstmord? Ja, ja, ich dachte an Selbstmord (jeder normale Mensch denkt mindestens einmal in seinem Leben an Selbstmord, hat, wenn ich mich recht erinnere, Camus geschrieben – eine Lektüre aus den Zeiten, als es Dich auf dieser Welt noch nicht gab), aber ich dachte daran in denselben irrealen Kategorien, in denen ich daran dachte, dem Trinken von Kräuterwodka endgültig zu entsagen. Wieviele Reflexionen ich nicht der Frage gewidmet habe, dem Kräuterwodka zu entsagen. Und was ist passiert? Nichts ist passiert. Ich dachte daran, dem Trinken von Kräuterwodka zu entsagen und trank weiter ruhig oder stürmisch (eher stürmisch) diesen minderwertigen, aber leicht durch die Kehle rinnenden Trunk. Ich dachte an Selbstmord, aber ich lebte weiter ruhig oder stürmisch (eher stürmisch). Mein Laster verlieh mir die Hoffnung auf einen baldigen, auf einen realen Tod. Wie eine der hiesigen klugen Therapeutissen zu sagen pflegt (es gibt ja kluge Therapeutissen und törichte Therapeutissen, ganz genau so wie die klugen und die törichten Jungfrauen aus der Bibel; im nächsten Brief werde ich eine passende Sentenz über kluge Therapeutissen und törichte Therapeutissen anführen), also, die kluge Therapeutisse Kasia sagt, daß ein Delirant eher in den Tod geht, als daß er seine Hilflosigkeit gegenüber dem Schnaps eingesteht. Ein echter Mann kann am Wodka sterben, daran zu verblöden, wird er nicht wagen, wie der selige Herr Trąba zu sagen pflegte. Und ich hatte mich damit abgefunden und war drauf und dran, in den Tod zu entfliehen. Vielleicht vermochte ich das nicht so genau zu beschreiben wie Simon die Güte Selbst, der wußte, und dies nicht verheimlichte, daß er, nach seiner Flucht von der Station, die Absicht hatte, sozusagen in einer Woche, in einem Monat, in höchstens drei Jahren endgültig zu fliehen. Ich kannte kein Datum, ich bereitete mich im Dunkeln darauf vor. Aber als ich Deinen Brief las, als ich Deine Stimme hörte, als ich Dich zum ersten Mal erblickte, verstand ich, daß die schwarze Schnur, die sich immer enger um meinen Hals zog, keine Chance hatte – sie mußte reißen. Ich begriff, daß dieser schwarze Faden eher zerreißen, als daß mein Herz in Stücke brechen würde. Ich begriff, daß ich mein ganzes Leben lang auf Dich gewartet habe. (Mindestens zwanzig Jahre davon mußte ich warten, bis Du erwachsen warst.) Aber Du bist gekommen. Du bist hier. (Ja. Sie ist hier.)

Als ich Dich zum ersten Mal erblickte, trugst Du kein gelbes Trägerkleid. Du trugst eine schwarze Bluse und graue Hosen. Du saßt an einem Tischchen und schautest ungeduldig durch das Fenster des Hotelcafés. Ich kam ganze acht Minuten zu spät. Ich umarmte Dich so selbstverständlich, als hätte ich mein Leben lang nur Dich umarmt.

»Kennen wir uns denn so gut?« fragtest Du.

»Noch besser«, antwortete ich und werde bis an mein Lebensende stolz auf diese Antwort sein. Natürlich hießest du nicht Ala-Alberta; du hast einen Namen, von dem ich immer wollte, daß es dein Name ist, du hast Arme, von denen ich immer wollte, daß sie deine Arme sind, du hast grüne Augen, und wie grün sie sind, du hast Hände, die von Gott speziell für mich geschaffen wurden. Du bist wunderschön und klug.

Ich, ich bin glücklich. Natürlich kann ich davon, daß ich glücklich bin, hier niemandem etwas sagen, sogar meiner Therapeutissin kann ich nicht gestehen, daß ich glücklich bin (wie Du dir richtig denkst, ist das Kasia), ich kann mein Glücksgefühl nicht einmal in mein Tagebuch der Gefühle schreiben. Ein glücklicher Delirant erweckt sofort fürchterlichen Verdacht, ein glücklicher Delirant verheißt nichts Gutes.

Gutes verheißt ein niedergeschlagener Delirant, ein

depressiver Delirant, ein verzweifelter Delirant. Deliranz ist wohl die einzige Krankheit, bei der ein miserables Befinden des Patienten Anlaß zur Hoffung gibt. Ein waschechter Vollblutdelirant muß unablässig nach Wodka dürsten, sich unablässig nach einer Flasche Kräuterwodka sehnen, sich in einem psychischen Tief befinden, in der Hölle.

Mir fehlt hier Musik. Der Sommer ist bedeckt, aber es gibt auch sonnige Tage, dann spaziere ich zwischen den von wilden Gärten umgebenen Häusern der Geistesgestörten umher. Manchmal hört man hinter den vergitterten Fenstern Gesang. Mittags bevölkert eine Menge Schizophrener und Selbstmörder die Gärten, die monotone Melodie ihres Lallens steigt empor. Gestern kam ich auf der Hauptallee an einem Selbstmörder vorbei, der auf seiner Schulter ein riesiges batteriebetriebenes Radio trug, das er spasmotisch an sein Ohr drückte. Schon aus der Entfernung von mehreren Schritten konnte man die narkotisierende Stimme und das in dieser Saison berühmte Lied von dem Seidenschal aus dem Radioempfänger hören. Mir fiel Don Juan Ziobro ein, meine Lieblingsgestalt und ein Mensch, der mir nahesteht. Und wieder verspürte ich den würgenden Schatten der schwarzen Schnur. Gott, laß mich so lange wie möglich mit IHR zusammen sein.

Wir saßen im Café des Hotels. Du trankst grünen Tee, ich trank eines meiner letzten Biere im Leben (im Leben, nicht vor dem Tod). Wir saßen da und schauten uns an, und dieses intensive Sich-Anschauen ging uns so in Fleisch und Blut über, daß es dann später immer so war. Auf den Kopfkissen wandten sich unsere Köpfe einander zu, wir starrten uns ohne Ende an. Und immer noch, sogar von hier, sehe ich Dich noch. Mein Kopf ist Dir zugewandt, und daß ich weiß: Du siehst mich auch, Du schaust jetzt auch in meine Richtung, gibt mir Kraft. Du gibst mir die Kraft, die ich hier nicht zeigen darf. Meine Kraft ist mein Geheimnis. Dabei lautet eines der Lieblingssentenzen der Therapeutissen: In dir ist so viel Krankheit, wie es da Geheimnisse gibt. Das ist, wie Du zugeben wirst, ein fürchterlicher, ein ganz fürchterlicher Satz. Nach hiesiger Auslegung kann ein Delirant nur unter der Bedingung weiterleben, daß er sich ausweiden läßt, mehr noch, daß er sich den fachmännischen Anweisungen entsprechend selbst ausweidet. Die Gedärme, Eingeweide, Sorgen, Ängste, bösen Gedanken und schwachen Hoffnungen, Alpträume, farblosen Innereien – alles muß nach außen. Dein Gott nach außen, dein Sex nach außen, dein Gekotze nach außen. Ja, das Thema eines der Schlüsselbekenntnisse lautet: »Die Geschichte meines trunkenen Reiherns.«

Wie du dir denken kannst, beschrieb ich nicht ohne Vergnügen und Befriedigung auf gut fünfzehn Seiten die Geschichte meines Reiherns: Mit Geschmack beschrieb ich, wie ich den Pfefferbranntwein zu Zeiten Giereks kotzte, den rationierten Wodka zur Zeit der ersten *Solidarność*, den Selbstgebrannten während des Kriegsrechts; in allen Einzelheiten beschrieb ich, wie mein Kopf zu Zeiten Jaruzelskis in der Kloschüssel hing. Leider schlich sich zum Ende meines Essays eine gewisse thematische, aber auch ästhetische Monotonie ein, da ich sowohl zu Zeiten Wałęsas als auch Kwaśniewskis ausschließlich Kräuterwodka der Marke *Sela* kotzte.

Ich hoffe, daß ich Dich mit meiner (auch stilistischen) Übermäßigkeit nicht zu quälen beginne. Ich schreibe ein bißchen so, als schriebe ich aus Sibirien oder der Lubianka, dabei bist Du doch gerade mal dreihundert Kilometer von mir fort. Heute haben wir miteinander telefoniert, in ein paar Tagen kommst Du mich besuchen, dann gehen wir zur Utrata. In ein paar Wochen werden wir auf immer zusammensein.

Wenn ich sage, daß ich mein Laster Dir zuliebe aufgebe, dann sage ich die Wahrheit. Wenn ich sage, daß ich mein Laster uns zuliebe aufgebe, sage ich die Wahrheit. Denn ohne Dich gibt es mich nicht, denn ohne uns gibt es mich nicht. Mein »Ich« gibt es nicht mehr in der Einzahl. Ich höre auf zu sein, wenn Du nicht da bist, jede Trennung ist unerträglich. (Erinnerst Du Dich, wie wir beide auf dem Zentralbahnhof geheult haben? Wie Du neben dem Waggon hergelaufen bist?) Du darfst nicht weiter als ein paar Zentimeter von mir entfernt sein, weiter ist es dann egal, ob Du einen oder dreihundert Kilometer weit weg bist. (Dreihundert Kilometer aus meinen Armen.) Weiter ist dann sowieso nur noch der Abgrund und alles, was darinnen ist, tut … (Das Ende des handgeschriebenen Texts ist nur für die Adressatin lesbar.)

18
DOKTOR SWOBODZICZKA

Ich liege in dem riesigen Bett meiner Eltern, das so groß ist wie ein Überseedampfer, ich halluziniere, ohne zu wissen, was Halluzinieren bedeutet, ich spüre den Geruch von Alkohol, ohne zu wissen, was der Geruch von Alkohol ist. Doktor Swobodziczka beugt sich über mich. Spiritus in der Gestalt einer leuchtenden Aureole strahlt aus allen Chakren seines Körpers. Furchtbar, furchtbar wie ein Schamane aus einem Abenteuerroman ist Doktor Swobodziczka. Mit einer Arzttasche in der Hand gleitet er wie ein Engel des Untergangs durch die Stadt, pflügt wie ein mythischer Schneemensch durch meterhohe Verwehungen, schwankt wie der Fliegende Holländer von einer Seite zur anderen. Er trinkt ganz fürchterlich und ohne Halt. Selbstmörder haben bei ihm kein leichtes Leben.

Noch vor einem Jahr oder Monat hätte ich geschrieben, daß Doktor Swobodziczka wie der Konsul trank, noch vor gar nicht langer Zeit hätte ich einen solchen

Vergleich herangezogen, doch jetzt, wo ich ein ausgeprägtes Bewußtsein vom Ende der Literatur habe, jetzt nehme ich um der Wahrheit willen von dieser effektvollen Konjunktion Abstand. Im Vergleich zu Doktor Swobodziczka ist der Konsul eine papierne Figur der Literatur (was nicht Wunder nimmt: Jener war aus Fleisch und Blut, dieser hat eine Quasi-Existenz), wenn es aber um den Grad der Neigung zum Trinken geht, ist der Konsul im Vergleich zu Swobodziczka, was ein von Wein vergifteter Gymnasiast im Vergleich zum Konsul ist. Der Doktor ertrank, *ergo* ertränkte er sich unermüdlich und systematisch im Alkohol und hatte wohl darum für die Selbstmörder nur Haß und Verachtung übrig. Seine Selbstzerstörung war unverdrossen, methodisch, harmonisch; sie dagegen brachten sich unerwartet, ungeschickt und stillos um, keiner Poetik gehorchend. Ja, so war es: Zu Zeiten Doktor Swobodziczkas hatten die Wiślaner Selbstmörder kein leichtes Leben. Fürchterliche Flüche hagelten auf ihre strangulierten Köpfe. Der Doktor vollführte eine brutale Autopsie, überschüttete die erstarrenden Leichen mit Beschimpfungen, fuhr mit dem Finger den blauen Striemen am Hals des jungen Oyermah entlang und sagte:

»Hast du ein Glück, Junge, hast du ein Glück, Junge,

daß du nicht mehr lebst, bestimmt hätte ich dich sonst umgebracht.«

Über dem Kopf des Leichnams saß der schwarze Schäferhund, wedelte mit dem Schwanz und fegte den grau gewordenen Februarschnee durch die Gegend, aus der Schnauze troffen ihm Reste schaumigen Biers.

Doktor Swobodziczka fuhr beharrlich den in die Unendlichkeit führenden sinusoidalen Pfad des Rausches entlang, vierundzwanzig Stunden am Tag stand er mehr oder weniger unter Vollrausch. Er goß Hektoliter reinen Spiritus in sich und war ein Conaisseur des einheimischen Fusels, der dickflüssig, dunkel und entflammbar war wie Erdöl, er nahm Wetten darüber an, daß er den Genuß von sechs Flaschen Passahslivovitz an einem Abend überleben würde, und gewann diese Wetten, gewann um Längen, denn nicht nur lebte er weiter, sondern er stand auch aus eigener Kraft, wenn auch übertrieben majestätisch, aus dem Sessel auf. Der vom Bier betrunkene schwarze Schäferhund kroch unter dem Eichentisch hervor und folgte schwankenden Schritts den Spuren seines Herrn.

Wie die Nächte und Morgenstunden des Doktors waren, weiß ich gut: Die Alpträume waren über alle Maßen groß, die Stimmen zu laut, die Gespenster zu leibhaftig. Die unvermeidlich schauderhafte Epik muß unannehmbar, nicht zu ertränken und nicht zu ertragen gewesen sein, denn Swobodziczka griff in seiner Verzweiflung und Hilflosigkeit zum allerletzten Stilmittel, wenn er sah, daß die homerische Niederschrift seiner Qualen kein Ende haben würde. Er griff zum Morphin, um den Schmerz zu lindern (denn nicht um die Steigerung seiner Empfindungen ging es ihm), er griff zum Morphin, obschon er genau wußte, daß nach dem ersten Schuß die Qualen zwar tatsächlich (wenn auch nur scheinbar) nachlassen, dieser erste Schuß nach einer gewissen Zeit, einen Augenblick später, um die Wahrheit zu sagen: sofort nach einem zweiten Schuß verlangte, nach der zweiten Dosis aber, oder allerspätestens nach der dritten, sich Alpträume einstellten, die noch viel maßloser waren, Stimmen ertönten, die noch lauter waren, und er von leibhaftigen Gespenstern bedrängt wurde. Doktor Swobodziczka kannte diese einfache, doch unweigerliche Mechanik der vollkommenen Zerstörung, er war ein ausgezeichneter Arzt und war sich sicher, er würde allein damit fertig. Diesmal ging er dazu (daß er alleine damit fertig würde) mit sich selbst eine Wette ein, und diese Wette verlor er.

Mutter war in jener Zeit eine junge Wiślaner Apothekerin evangelisch-lutheranischen Glaubens, die häufig Nachtdienst hatte und zu den dunkelsten Zeiten um drei oder vier Uhr morgens von der langgezogenen Klingel geweckt wurde, einem panischen Klopfen und dem rituellen Ruf:

»Frau Magister! Frau Magister! Ein Notfall, der sofortiges Handeln verlangt! Ein Fall, der absolut keinen Aufschub duldet!«

Hinter der Glastür stand eine schwankende Riesengestalt, zu deren Füßen ein Hund kauerte. Aufgeregt zitternd überreichte Doktor Swobodziczka ein Rezept, auf dem die magische, Linderung oder gar Euphorie verheißende Zauberformel prangte: »Morph. Hydr. 002«. Mit brechender Stimme, und der Doktor mußte hier überhaupt keine spasmotische Redeweise vortäuschen, sprach er:

»Fräulein Magister ... Es weilt auf dem Schlößchen gerade der Erste Sekretär Władysław Gomułka, er hat eine akute Kolik, furchtbare Schmerzen, das Staatsoberhaupt windet sich in Qualen, man hat mich gerufen ... Das Fräulein Magister versteht, eine Staatsangelegenheit ...«

Beim ersten und vielleicht sogar noch beim dritten Mal (Fräulein Magister, auf dem Schlößchen weilt gerade der Premierminister Józef Cyrankiewicz, er hat eine akute Kolik ...«) war in diesem bravourösen Vorwand noch der Anschein einer Wahrscheinlichkeit. Das

Schlößchen von Präsident Mościcki aus der Vorkriegszeit diente jetzt tatsächlich als Sommerfrische für die Funktionäre der höchsten Ränge, in der Dämmerung so mancher Abende sahen wir die Wolga- und Czajka-Konvois, wie sie langsam den Weg nach Kubalonka entlangglitten, die fernen Lichter legten sich auf die gepanzerten Karosserien. In der unmittelbaren Nähe der Führer (unglaubliche Gefolge zogen im Morgennebel über die bewaldeten Hänge, die Vertreter der Zentralgewalt brachen mit ihrer Begleitung zum Pilzesammeln auf), in der unmittelbaren Nähe und sogar in einer plötzlichen Unpäßlichkeit des Premiers oder des Ersten Sekretärs (auch wenn die Herren der Doktrin nach übermenschlich, also körperlos waren) lag also eine gewisse Wahrscheinlichkeit, doch als sich schon bald herausstellte, daß Doktor Swobodziczka zufolge Gomułka und Cyrankiewicz (darunter machte es der Doktor nie) ständig auf dem Schlößchen wohnten und zudem noch, wenn auch im Wechsel, ständig Koliken haben mußten, war also schnell und sogar noch früher alles klar. Swobodziczka selbst hörte im übrigen bald auf, sich in irgendeiner Weise um die Glaubwürdigkeit seiner Version der Ereignisse zu kümmern und verkündete mechanisch die Formel von dem Schlößchen, dem hohen Funktionär und der Kolik, reichte das Rezept herein, nahm die Ampulle, setzte sich auf eine Bank gleich gegenüber mitten auf dem Markt, öffnete seine Arzttasche, entnahm ihr eine Spritze, durchstach seine Hosen auf der Höhe des Oberschenkels und verabreichte sich durch das Hosenbein hindurch eine mit Feingefühl und fachgerecht gesetzte subkutane Injektion. Der große Doktor Swobodziczka, der Morphin-Doktor, der Codein-Doktor, der Schnaps-Doktor, Doktor Niemand.

Die Wiślaner singen bis heute Lieder, die von seiner Heilkunst künden, bis heute kann man hier die Geschichten von den Epidemien hören, denen er Einhalt gebot, von den fürchterlichen Krankheiten, die er auf Nimmerwiedersehen verscheuchte, von den unfehlbaren Diagnosen, die er stellte, ohne sich jemals zu irren.

Seine Seele brannte aus, sein Körper verlor an Kräften, er begann, immer undeutlicher zu sprechen, doch die ärztliche Kunstfertigkeit blieb davon unberührt. Das Feuer des Lasters fraß alles in ihm auf mit Ausnahme seines Könnens. Mit der allergrößten Mühe legte er das Stethoskop an, doch das im Labyrinth der Innereien verborgene rättische Gefiepe der Krankheit hörte er ausgezeichnet; die Hände zitterten beim Ausschreiben des Rezepts, doch er verschrieb genau und gerade das, was nötig war. Wenn er einen in die Klinik überwies, dann war die Klinik unumgänglich; wenn er

Antibiotika empfahl, dann wirkte das Antibiotikum; wenn er verordnete, ein halbes Jahr lang Eichenrinde zu sammeln, sie zu kochen und täglich von dem Sud zu trinken, dann war klar, daß die Halbjahreskur helfen würde. Beim Krankheitsverlauf war er ein Virtuose. »In sieben Tagen wird es besser, in zehn Tagen vergeht es, in zwei Wochen sind Sie wieder auf den Beinen«, sagte er, und so, wie er es sagte, war es auch: In sieben Tagen wurde es besser, in zehn war es vergangen, nach zwei Wochen stand man wieder auf den Beinen. Als Swobodziczka in Rente ging (sein Rentnerdasein war von kurzer Dauer), als er seinen Aufenthalt auf dieser Welt vor dem Tod auf die täglichen Aufenthalte im Gasthaus »Piast« beschränkte, stellte sich sogar dort vor seinem Tisch eine Warteschlange auf. In Begleitung des schwarzen Schäferhunds erschien er Punkt sieben Uhr in der Frühe, in einem Zug trank er ein Gläschen Wodka aus, das ihn erstmal auf die Beine stellte, mit kleinen Schlucken Bier ertränkte er dann den Wodka, dem Hund unter dem Tisch goß er die ihm zustehende Dosis in den Blechnapf, danach hob er mit herrschaftlicher Geste die Hand und ließ den ersten Patienten vortreten.

Ich war unaufhörlich krank, ich war verbissen und begeistert krank und war an allem krank. Ich liebte die

Visiten von Doktor Swobodziczka, atmete tief den Geruch der Medikamente und des Alkohols ein, ich weidete mich an dem Schrecken, den der Doktor unweigerlich unter den Hausbewohnern hervorrief. Er warf seinen Schafspelz von den Schultern, in dem von der Mutter fürsorglich gelüfteten Schlafzimmer entzündete er sich eine Zigarette, setzte das Stethoskop an und begann, mich abzuhören. Einatmen. Nicht atmen. Tief einatmen. Er verschluckte sich an den Rauchwolken, hustete mit dem rauhen und hohlen Husten des Kettenrauchers.

»Ja, ja«, sagte er, »der Husten, wieder Husten.«

»Aber er hustet doch nicht, Herr Doktor«, mischte sich die Mutter ein, bleich wie die Wand und nahe daran, einen Krampfanfall zu bekommen.

»Er nicht, ich huste«, Swobodziczka unterbrach die Untersuchung nicht, »ich huste und weiß einfach nicht, was ich dagegen tun soll. Irgendwie will es nicht weggehen«, mit einer entschlossenen Bewegung nahm er das Stethoskop ab. Er trat an den Tisch und nahm seinen Rezeptblock heraus.

»Er wird in zwei Tagen zu husten anfangen. Nach zwei Tagen wird der Husten kommen. Und in sieben Tagen, zusammen also in neun Tagen wird der Husten vergehen. Wie alt ist er?«

»Neun«, sagte die Mutter, in ihrer Stimme war spürbare Erleichterung zu hören. Der Doktor schaute mich aufmerksam an.

»Neun Jahre, neun Jahre, da ist es allerhöchste Zeit, sich in der Welt umzusehen, allerhöchste Zeit, langsam eine Wahl zu treffen. Sag mal, Jerzy, wen ziehst du vor, welche gefallen dir besser: die Katholikinnen oder die Protestantinnen?«

»Katholikinnen«, antwortete ich ohne nachzudenken und beflügelt von der Möglichkeit, endlich einmal legal über Frauen sprechen zu können.

»Katholikinnen, und besonders Urszula und Aldona.«

»Du hast vollkommen recht«, sagte er todernst und fügte dann nach einem Augenblick noch einen Satz hinzu, der sehr geheimnisvoll klang, weil ich den, wie es schien, entscheidenden Ausdruck »ökumenisches Verlangen« nicht nur nicht verstand, sondern fast nicht hören konnte, denn die Mutter stürzte wie ein Panther auf den Tisch zu, verdeckte mich mit ihrem eigenen Leib und übertönte die Worte des Doktors durch eine in ihrer Herzlichkeit hysterische Einladung, in die Küche zu kommen, von wo schon bald mystische Klänge ertönten: das Klirren der aus der Anrichte genommenen Schnapsgläser.

Den Gedanken, daß er selbst sein Leben verkürzte

und aus diesem Grund die Selbstmörder mit Ablehnung und Verachtung strafte, hätte Doktor Swobodziczka, davon bin ich überzeugt, niemals bestätigt. Mit keinem Wort, mit keiner Geste, für nichts hätte er erkennen lassen, daß er in deren Verzweiflung das in der Form verzerrte, im Inhalt aber getreuliche Spiegelbild seiner selbst sah. Ihm ging es vorgeblich ausnahmslos darum, daß unsere Todgeweihten immer in die Tiefen der Berge und in die Tiefen der Wälder gingen und dort verschwanden und dort im undurchdringlichen Dickicht einen geeigneten Buchenast (Mischwälder) fanden. Dabei hätten sie doch an die nachfolgenden Mühen der Lebenden denken müssen, und hätten sich, um all die Prozeduren und Handlungen, die nach ihrem Tode erfolgen mußten, zu erleichtern, sich am Waldrand erhängen müssen.

Zum Beispiel der junge Oyermah. Niemand wäre auf den Gedanken gekommen, daß es so ausgehen würde. Noch eine Woche zuvor waren wir mit dem Vater bei ihm gewesen, ein helles und großes Haus auf der Anhöhe, frisch getünchte Wirtschaftsgebäude, eine Hühnerfarm und andere Reichtümer; die glücklichen und wohlhabenden Oyermahs hatten als erste und einzige in diesen Breiten einen Fernseher und deshalb waren wir gekommen, denn das Spiel Górnik-Tottenham wurde übertragen (4:2 für Górnik). Wir saßen auf dem Plüschsofa und tranken Tee. Der alte Oyermah spielte im ersten Stock Klavier, der junge schaute mit uns das Spiel an, die in ihrer Schönheit engelsgleiche Frau des jungen glitt in einem schweren Brokatkleid durch die Zimmerfluchten, das schläfrige Kind spielte leise auf dem orinokogleichen smaragdfarbenen Teppich, auf dem Hof gackerten die Hühner, Górnik lag sogar mit 4:0 in Führung, nach dem Spiel gingen wir nach Hause, es wurde dunkel. Sieben Tage später war das Leben wie aus heiterem Himmel plötzlich zu Ende. Sieben Tage später wurde der junge Oyermah verrückt, brachte Frau und Kind um und ging bei Jarzębata in die Tiefen des Waldes, wo er sich an einer unzugänglichen Stelle erhängte.

Doktor Swobodziczka verfluchte Himmel und Hölle, schmiß mit Beleidigungen um sich, wischte sich den Schweiß von der Stirn, drohte, daß dies der letzte Selbstmörder sei, den er aufsuchen würde. Im Grunde war das recht merkwürdig: Selbstmörder konnte er nicht ausstehen, aber wenn es darauf ankam, war er jedesmal bereit, sobald nur irgend jemand rief, und kam sofort, auch mitten in der Nacht. (Zweifellos kam seine Schlaflosigkeit seiner Beweglichkeit zugute. »Das Laster«, wie Simon die Güte Selbst zu sagen pflegte, »führt unweigerlich zu Schlaflosigkeit, dann aber verstärkt die Schlaflosigkeit das Laster.«) Man darf aber auch annehmen, daß der Doktor zum Beispiel auf eigenartige Weise diese winterlichen Ausflüge zu den entferntesten Tälern liebte, denn so eine Schlittenfahrt in Schnee und Eis konnte nicht ohne etwas Stärkeres abgehen, wie hätte man sonst die Rettungsmannschaft vor dem Erfrieren retten sollen?

Überall ging er hin, überall fuhr er hin. Er nahm sich eines jeden Unglücklichen an, aber des jungen Oyermahs und der anderen, der an anderen Bäumen erhängten Desperados, wollte er sich nicht annehmen. Er fluchte dann und lästerte Gott. Ich glaube, ich will glauben, daß außer der Angst auch eine Prophylaxe darin lag, er verfluchte jene, die es bereits getan hatten, damit die, in deren verletzten Herzen sich eine derartige Absicht herausbildete, vom bösen Wort, der Verachtung und fürchterlichen Verfluchung des Doktor Swobodziczka angerührt würden.

Ich weiß, er wollte nicht gehen, weil er sich fürchtete zu gehen. Er fürchtete sich vor der atemberaubend herrlichen Verlockung der aufgetürmten Erde. Seine Seele lag eingeäschert, aber ein Fünkchen Bewußtsein glomm noch, er wußte, daß wohin auch immer er sich wandte, er in die Tiefen der Mischwälder von Czantoria, Stożek,

Barania und Jarzębata ziehen würde. Er sah die Pfade gut, die zuerst nach oben führten, auf der anderen Seite dann nach unten liefen. Der vor Verzweiflung verrückt gewordene Schäferhund lief vor und zurück, schließlich fand er den Weg, der unfehlbar zum Gasthaus »Piast« führte, er setzte sich vor den Tisch, schlabberte das warme Bier aus dem Blechnapf und wartete vergebens auf die Ankunft seines Herrn und Retters. Amen.

19

DIE TÖCHTER DER KÖNIGIN

Nach den Zeitungen räumte ich die Bücher auf; im Verlauf der gewissenhaften und aufregenden Lektüre der Zeitungen stellten sich manchmal intellektuelle Gewissensbisse ein, daß ich die Zeit für seichte Dinge vertat, daß ich mein Gehirn mit Zeitungsmampfe vollstopfte. Dann griff ich zwischen zwei Schlucken zu allen möglichen Klassikern, öffnete zum Beispiel *Das Glaubensbekenntnis des Philosophen* von Gottfried Wilhelm Leibniz an einer beliebigen Stelle und begann in trunkenem Zustand zu lesen und in trunkenem Zustand schien es mir, als verstünde ich alles. Ich las in trunkenem Zustand *Moby Dick* oder *Der Zauberberg* und meine trunkene Begeisterung war ähnlich wie meine trunkene Erleuchtung weitreichend und unermeßlich. Ich las Babel oder Mickiewicz und in trunkenem Zustand hörte ich jeden Vers so perfekt, daß ich bereit war, Fortsetzungen zu den Erzählungen zu schreiben und nachfolgende Strophen der Poeme zu verfassen.

Die Klassik lag wie gewöhnlich auf dem Grund des Schlachtfeldes. Ich hob die *Summa theologica*, die *Auferstehung von den Toten* und eine Anthologie englischsprachiger Gedichte vom Boden, ich hob sie auf, glättete die Einbände, ja, wenn sie geknickt waren, bügelte ich sogar einzelne Seiten mit dem Bügeleisen, ich hob auf, staubte ab, glättete und stellte ins Regal zurück. Nachdem ich die Zeitungen beiseite geräumt und die Bücher aufgestellt hatte, machte ich weiter Ordnung, warf die Zigarettenkippen fort, wusch das Geschirr, wechselte die Bettwäsche, beugte mich über die Badewanne und wusch mit einer solchen Verbissenheit, als wollte ich mich selbst dafür bestrafen, daß ich keine Waschmaschine hatte und als wollte ich durch die Güte meiner Handwäsche die Waschmaschine in den Schatten stellen, als wollte ich noch einmal die immerwährende Wahrheit beweisen, daß der Mensch perfekter als die perfekteste Waschmaschine ist, nicht nur als eine automatische, sondern sogar eine computergesteuerte der neuesten Generation, wie der Mensch überhaupt perfekter ist als der perfekteste Computer. Ja, das ist die Wahrheit, der Computer kann den Menschen auf vielen Gebieten übertreffen, zum Beispiel – ich las davon kürzlich zwischen zwei meiner Bewußtlosigkeiten – zum Beispiel hat ein Computer einmal gegen den Schachmeister Gary Kasparow gewonnen und die Menschheit, oder zumindest ein beträchtlicher Teil der Menschheit verfiel darauf in Pessimismus, der Schachsieg des Computers kündete angeblich von weiteren Siegen der Maschinen, von künftigen, unvermeidlichen und immer umfassenderen und beschämenderen Niederlagen des Menschen im Wettstreit mit den Maschinen, und vielleicht wird es tatsächlich so kommen, vielleicht legt der Computer noch so manchen Weltmeister in so mancher Disziplin um, aber meiner bescheidenen alkoholgetränkten Meinung zufolge sollte die Menschheit sich in ihren Grundfesten nicht bedroht fühlen, solange sich kein Computer findet, der mehr als ein Mensch trinken kann. Bitte sehr, ich, der Meister, strecke meine Hand aus! Bitte sehr, ich, der Meister, ich der Erzmeister nehme die Herausforderung an! Gebt mir eine genial konstruierte Maschine, gebt mir einen Computer von noch nie dagewesener Intelligenz, meinetwegen mit unbegrenztem Speichervermögen und Halogenen, die mit der Kraft von tausend Sonnen leuchten, einen Computer, der so groß ist wie ein Mietshaus aus der Vorkriegszeit und der darauf programmiert ist, wie ein Loch zu saufen, der gefeit ist gegen die Abhängigkeit, der meinetwegen auch über spezielle Subsysteme verfügt, die ihm die vollkommene Kontrolle über die Situation ermöglichen, mit einem Gehirn so stark wie ein stählerner Ofen und schließlich darf er auch entscheiden, was wir trinken. Und stellt eine Kiste mit dem von ihm ausgewählten Getränk zwischen uns und dann soll der Starter das Zeichen geben und sogleich werdet ihr den Triumph der Menschheit und des Humanismus erleben. Solange er trinken wird, wird es ein Kopf-an-Kopf-Rennen mit mir sein: einen Monat, zwei, ein halbes Jahr? Aber früher oder später, wenn wieder einmal blaß die Sonne aufgeht, früher oder später nach dem nächsten erlösenden Glas, bevor mir noch der Schnaps in die Knochen fährt, bevor ich wieder auf die Beine komme, mich erhitze, rot anlaufe und den ersten inspirierten Gedanken verkünden kann, wird er seinen Geist aufgeben, abstürzen, das Bewußtsein verlieren und die ganze Festplatte auskotzen.

Danach hängte ich auf dem Balkon die gründlicher als in der Maschine gewaschene Wäsche auf, ich hängte sie ebenfalls ungewöhnlich sorgfältig auf, je sorgfältiger man die Wäsche aufhängt, desto weniger Mühe hat man danach mit dem Bügeln. Nach dem Wäscheaufhängen saugte ich die Teppiche, wechselte die Vorhänge, schmierte die Böden ein, trug den Abfall hinaus, warf die Flaschen weg, eingehend inspizierte ich noch einmal alle Ecken, ob auch nirgends irgendwelche

Spuren der Erniedrigung zurückgeblieben waren, doch nein, überall herrschte Ordnung. Ich lüftete sorgfältig alle Räume, zündete Kerzen an, zündete den Weihrauch an, zündete eine Zigarette an, setzte mich in den Sessel, spürte die süße Härte meiner ermüdeten Muskeln, freute mich über die getane Tat, goß mir eine gehörige Dosis Wodka ein, ich hatte sie mir verdient, ich hatte nach der schweren Arbeit das Recht auf ein kleines Fest, ich goß mir ein und trank durstig aus, und ich verlor das Bewußtsein und auf der Delirantenstation erlangte ich das Bewußtsein wieder. Ich stand am Waschbecken und hörte zu, wie Don Juan Ziobro über Frauen sprach.

Don Juan Ziobro, im Zivilberuf Frisör und außerdem noch Musiker, pflegte mit großem Gefallen zu demonstrieren, auf welche Art und Weise man professionell mit einer Schere umzugehen hätte. Tatsächlich zerschnitt er mit ihr unerhört gekonnt die Luft, auf den ersten Blick war nicht klar, worin die Magie dieses Kunststücks bestand, erst nach einer Weile erhöhter Aufmerksamkeit und nach seinen ungeduldigen Einflüsterungen bemerkte das untrainierte Auge: Die göttlichen Finger des Meisters setzten nur eine Schneide in Bewegung, die zweite blieb reglos, niemand, nicht einmal Doktor Granada, konnte dieses Kunststück nachmachen, doch der von Stolz erfüllte Don Juan Ziobro gab sein Geheimnis nicht preis.

Mit seiner unzertrennlichen Schere, die er diskret in der Tasche seines Schlafanzugs verbarg (das Oberteil des Schlafanzugs war bravourös aufgeknöpft, um den Hals ein phantasievoll gebundener Foulard), kreiste er voll Leidenschaft über die Station und bot allen Patienten und allen Krankenschwestern unablässig seine Dienste als Frisör an. Die Schwestern lehnten ab, insbesondere Schwester Viola lehnte mit großer Strenge ab, doch die Königin von Kent und Fanny Kapellmeister paradierten oft mit elegant geschnittenen Locken. Die Frisörskunst von Don Juan Ziobro mochte tatsächlich Anerkennung hervorrufen, sogar die vier Töchter der Königin von Kent, die täglich auf Besuch kamen, äußerten ihre ungeheuchelte Begeisterung für die neue mütterliche Frisur.

Alle vier Töchter der Königin von Kent waren echte Prinzessinnen. Es waren dies vier wunderhübsche junge Frauen im Alter von 24, 25, 27 und 30 Jahren, vornehm gekleidet und in folgender Reihenfolge narkotisierend nach Parfum duftend: Dune, Poeme, Organza, Dolce Vita. Alle vier fuhren in eigenen Autos in folgender Reihenfolge vor der Klinik vor: Ford Mondeo, Renault Laguna, Volkswagen Golf, Nissan

Almera. Und alle waren Tag für Tag ganz hervorragend frisiert von Jean-Louise David. Don Juan Ziobro verlor allein schon beim Anblick der vier das Bewußtsein. Wenn ich von mir mit einigermaßen sauberem Gewissen sagen konnte, daß ich in der Gewalt der Frauen war, so war Don Juan Ziobro in der absoluten, sklavischen, kokain-morphiniösen Gewalt der Frauen. Beim Anblick egal welchen Elements, und sei es auch noch so weitläufig mit Weiblichkeit verbunden, wurde er lebhafter und zugleich auch bewußtloser; jede weibliche Stimme, und sei es auch der vom Flur herübertönende abgenutzte und aggressive Bariton von Hilfsschwester Poniatowska, riß ihn sofort aus dem Bett. Don Juan stand augenblicklich auf seinen Beinen, richtete spasmotisch seinen Foulard, bespritzte sich schon im Laufen überreichlich mit Kölnisch Wasser und lenkte seine Schritte in Richtung der lockenden Sirenengesänge.

Die vier tagtäglich ihre Mutter besuchenden Schönheiten machten ihn allerdings befangen. So sehr er alle Frauen kannte, deren Füße einmal die Schwelle der Delirantenstation überschritten hatten, so sehr er sich bei den uns besuchenden Ehefrauen, Töchtern, Verlobten ganz unverschämt anbiederte, so verbissen, wenngleich jedoch vergeblich, er sich den Krankenschwestern anempfahl, so heimlich verschlang er die vier Prinzessinnen, drückte sich verstohlen an ihnen vorbei, verbeugte sich ungeschickt vor ihnen und versuchte nicht einmal, ein Gespräch mit ihnen anzufangen. Ganz offensichtlich kam ihm keine seiner berühmten, so treffenden wie sämigen Eröffnungen (»also wirklich, noch nie habe ich eine Frau mit solch rassigen Fesseln gesehen«, pflegte er zum Beispiel der verblüfften und dazu noch mit knöchelhohen orthopädischen Sandalen beschuhten Hilfsschwester Poniatowska zu sagen), ganz offensichtlich also kam ihm keine seiner berühmten und verführerischen Redewendungen über die Lippen, er lächelte nur schief und dümmlich, trippelte nervös über den Flur, betrat den Krankensaal und lief aus dem Krankensaal, legte sich ins Bett und stand sogleich aus dem Bett wieder auf. Widersprüchliche Verlangen zerrten an ihm, auf der einen Seite verlangte es ihn von ganzem Herzen und mit zügelloser Leidenschaft, so lange wie nur möglich, in Gegenwart der vier Verkörperungen des weiblichen Absolutums zu verbringen, von ganzer Seele wünschte er, daß der Besuch so lange wie nur möglich dauern möge, auf der anderen Seite wünschte er mit ganzer Seele, daß der Besuch so schnell wie nur möglich zu Ende gehen möge. Unveränderlich nämlich begann Don Juan Ziobro, sobald alle Besucher die Station verlassen hatten, insbesondere aber, sobald die vier Prinzessinnen gegangen waren, sich wohlgelaunt und mit Feuereifer an die Königsmutter heranzumachen. Über die Mutter versuchte er, sich den Töchtern zu nähern, er fragte sie zu den Einzelheiten ihres Lebens aus, über die Kinderspiele, den bevorzugten Zeitvertreib und die Puppen, und wie sie sich benommen und wie sie gelernt hätten, er fragte nach den Ehemännern (alle vier waren verheiratet), fragte, ob diese vermögend und verantwortungsvoll wären und ob nicht einer von ihnen gar zu gern tief ins Glas schaute, fragte, ob die Töchterlein glücklich wären, wo sie wohnten, warum sie solche und nicht andere Namen trügen (also der Reihe nach Katarzyna, Magdalena, Ewelina und Anna) und ob man die »werten Töchter« zu passender Zeit mit den besten Wünschen zum Namenstag würde antelefonieren dürfen, und was die werte Mama »der vier derart entzückenden Mädchen« ihm wohl rate zu tun, wenn beim Anruf statt der überaus bezaubernden Stimmen der Gefeierten im Hörer ein unfreundlicher männlicher Bariton erklänge?

»Dann muß man wortlos den Hörer auflegen«, antwortete mit unverändert hohler Stimme die Königin von Kent, und das war alles, was sie sagte.

Die Königsmutter, die Königin von Kent war denn auch eine wandernde Handvoll Asche. Im Grunde genommen ließ sich über ihr Aussehen nichts Bestimmtes sagen, vielleicht war sie einst genauso schön wie ihre Töchter, doch jetzt hatten sich ihr Gesicht, ihre Augen, die Haare, die Arme, Hände und Füße, hatte sich alles in Asche verwandelt. Die Spuren vergangener Schönheit waren von Asche bedeckt, der brennende Blick war erloschen, die Haut ergraut und unempfindlich geworden.

Die Königin von Kent (im Zivilberuf Magistra der Apothekerkunst) war eine schier unglaublich schüchterne Person. Sie war schier unglaublich schüchtern als Kind, sie war schier unglaublich schüchtern in der Grund- und Mittelschule, sie war schier unglaublich schüchtern auf der Universität. Ihr Vater, ein autoritärer Apotheker mit Neigungen zur Tyrannei, der zuerst Besitzer einer privaten, dann Leiter einer staatlichen Apotheke war, verstärkte mit seinem apothekerhaften Autoritarismus die Schüchternheit der Tochter. Ob die Schüchternheit auch andere Ursachen hatte, weiß ich nicht und werde ich nicht wissen. Ich konzentriere mich auf die mir und der Königin von Kent bekannten Methoden, die Schüchternheit zu besiegen, also auf Minzlikör.

Der künftige Ehegatte der Königin von Kent studierte zusammen mit ihr Pharmazie, auf den ersten oder vielleicht auch dritten Blick verliebte er sich in ihre narkotisierende Zurückhaltung. Sie ergriff die Flucht, ging an kein Telefon und schwieg in seiner Anwesenheit wie verhext. Er jedoch hatte sich unwiderruflich im Netz ihrer verstohlenen Blicke verfangen, in der Wolke ihres jungfräulichen Dufts, im Sturm ihrer dunklen Haare.

Nach dem Studium arbeitete sie in der väterlichen Apotheke, der verliebte Herr Magister setzte Himmel und Hölle in Bewegung, um an ihrer Seite zu sein. Ihr Vater (der alte König von Kent) ahnte, woher der Wind wehte, und gab ihm einen Korb. Der Herr Magister hatte im übrigen ganz ungewöhnliches Pech, mindestens sechs Mal erschien er nacheinander gerade in dem Augenblick in der Apotheke, als sich ihr ehemaliger Besitzer gerade hilflos grämte, daß er nicht mehr Besitzer seines Besitzes war. Erst beim siebten Mal erwischte er einen Moment, da der alte Apotheker gerade der unkritischen Täuschung erlag, daß alles beim alten wäre, so daß er der Welt und dem fatalen Freier gnädig gestimmt war.

»Macht, was ihr wollt«, sagte er und versank erneut in seine Privatisierungsphantasien.

Der Alte bereute seinen Entschluß jedoch nicht, der künftige Schwiegersohn erwies sich als ungewöhnlich fähiger Pharmazeut, und sein Minzlikör, den er nach einer alten Rezeptur mit apothekseigenem Spiritus zubereitete, war Extraklasse. Als die Königin von Kent aus Anlaß ihres Namenstages ein Gläschen davon trank (das erste Gläschen Alkohol in ihrem Leben), barst das erdrückende Netz ihrer Schüchternheit, die ewige Angst vor was immer es auch war, was ihr Angst machte, verflog.

Er erklärte sich ihr, sie trank ein Gläschen Minzlikör und sagte: ja. Das erste Mal liebten sie sich auf der apothekseigenen und der Nachtwache zugedachten Liege. Zuvor hatte sie ein Gläschen Likör getrunken. Danach war auch immer ein Zuvor, danach trank sie jedes Mal, wenn sie sich liebten, zuvor ein Gläschen Likör. Nach einem Jahr trank sie ein Gläschen Likör auch dann, wenn sie sich nicht liebten, nach zwei Jahren trank sie ein Gläschen Likör zu jeder Gelegenheit, nach drei Jahren trank sie Likör in jedem freien Augenblick. Nach vier Jahren bereitete er den Likör bereits nicht mehr nach der alten Rezeptur. Für sie machte das keinen großen Unterschied, seit einiger Zeit zog sie Spiritus vor.

Zwei Jahre zuvor hatten sie geheiratet (während der Phase, als sie Likör zu jeder Gelegenheit trank). Sie gebar vier Töchter und trank dabei den Spiritus aus der

Apotheke, er liebte sie weiter. Er war zärtlich, fürsorglich und erfolgreich in der Arbeit, aus dem Ausland importierte er sonst nicht erhältliche Medikamente und nach dem Tod des Schwiegervaters wurde er Leiter, nach dem Untergang des Kommunismus Besitzer der Apotheke, er kümmerte sich um die Töchter, stattete sie, nachdem sie erwachsen geworden waren, großzügig aus und alle vier machten entsprechend ausgezeichnete Partien.

Die Königin von Kent trank reinen Spiritus, eines Tages kehrte die Schüchternheit zurück, doch war das nicht das frühere, geschmeidige Netz der Schüchternheit, jetzt waren es rostige Eisenbänder. Morgens schaute sie in den Spiegel, doch war sie so weit weg, daß sie sich selbst nicht erkennen konnte, sie sah den Sturm ihrer zu Asche gewordenen dunklen Haare nicht.

»Dann muß man wortlos den Hörer auflegen«, wischte sie Don Juan Ziobros Behelligungen beiseite. Der aber senkte den Kopf, ging zurück auf sein Zimmer, legte sich ins Bett und spielte wehmütige Melodien auf der Mundharmonika.

20

DON JUANS BEGRÄBNIS

Der Friedhof, auf dem wir Don Juan Ziobro vergruben, lag schön auf einem Hügel und schön war der Blick von dort ins Tal, auf die Mischwälder, auf die ganzen Beskiden. Die Trauergemeinde sang lange am offenen Grab und spielte auf unterschiedlichen Instrumenten.

Don Juan Ziobro – Frisör und außerdem Musiker, wie er sich immer vorgestellt hatte – entstammte einer ganz ungewöhnlich musikalischen Familie. Alle seine Brüder und Schwestern, Cousinen und Cousins, alle seine näheren und ferneren Verwandten waren ganz ungewöhnlich musikalisch, alle hatten das fast absolute Gehör, sangen mit schönen Stimmen und konnten vermutlich auf jedem Instrument der Welt spielen. Einige brachten es in ihrer Kunst sehr weit, eine entfernte Cousine Don Juans zum Beispiel war eine in dieser Saison ungewöhnlich populäre Liedersängerin. Großen Ruhm brachten ihr stilisierte Zigeunerballaden vom Balkan ein, die sie mit herrlich tiefer Stimme sang, sowie ihre bravourösen Kreationen und ihre faszinierende Schönheit. Sie erschien mit einer gewissen, ja, ziemlich starken Verspätung auch auf der Beerdigung. Schon hatten wir die Hände an den Schaufeln, schon wollten wir damit beginnen, den nach vergälltem Alkohol duftenden Sarg zuzuschütten, als unten hinter der Biegung des steinigen Wegs ein bunter Zug hervorkam. An seiner Spitze ging die in dieser Saison ungewöhnlich populäre Liedersängerin, sie trug ein schwarzes Kleid mit einem unerhört tiefen Dekolleté, hinter ihr aber gingen vier grellfarben gekleidete Instrumentalisten: ein Gitarrist, ein Saxophonist, ein Trompeter und ein Trommler. Das unerhört tiefe Dekolleté erregte bei niemandem Anstoß, im Gegenteil, es war ein Zeichen des Ernstes und der Hochachtung, die sie ganz offensichtlich ihrem entfernten und gefallenen Verwandten entgegenbrachte. Wir alle kannten das Kleid, es war eine der bravourösesten Kreationen; die in dieser Saison ungewöhnlich populäre Liedersängerin trat in diesem Kleid bei den wichtigsten Recitals, Festivals und im Fernsehen auf, in den bekanntesten Konzertmuscheln und -sälen des Landes und Europas. Sie stand am offenen Grab und senkte den Kopf und machte das Zeichen des Kreuzes. Ihre Musiker begannen fast augenblicklich und ohne ihre Instrumente zu stimmen mit dem Spiel und gleich darauf erklang ihr großartiger und jedermann bekannte Schlager über den Seidenschal.

Ab der zweiten Strophe begleiteten sie alle ungewöhnlich musikalischen Verwandten Don Juans im Gesang, diejenigen, die Instrumente dabei hatten, stimmten in das Spiel der Instrumentalisten ein, und das große Lied vom Seidenschal, von unermeßlicher Trauer, von Liebe, Verzweiflung und dem Ende aller Dinge ergoß sich vom Friedhofshügel und war auch im Jenseits zu hören, im himmlischen Paradies, dort, wo unter den diskret entblößten Seelen geneigter Frauen bereits auch die entzückte Seele Don Juan Ziobros war.

Auch wenn ich nicht dabeigewesen bin, weiß ich, wie Don Juan gestorben ist, und ich weiß, woran er gelitten hat. Jene, die seine Leiche fanden, nachdem man die Tür aufgestemmt hatte, erzählten von einem merkwürdigen Detail. Sie erzählten, daß in der Wohnung zwar die typische, obgleich für die Wohnung eines Trinkers durchaus gemäßigte Unordnung geherrscht habe, doch eine Sache fiel in dieser Unordnung besonders auf. Es war dies ein fast bis zur Decke reichender Berg von Schuhen. Eine ganze Ecke war angefüllt mit Pantoffeln, Tennisschuhen, Pumps, Laufschuhen, Schuhen aus Leder und aus Stoff, Sandalen, Galoschen, Schneeschuhen und sogar mit an den letzten

Schrei der Moden vergangener Zeit erinnernden Holzschuhen.

Nur ein sehr beschränkter, irgendein gefühlloser Abstinenzler zum Beispiel könnte denken, es wäre ein weiteres Symptom dieses trinkerischen Chaos, daß Don Juan Ziobro im Wodkarausch einfach immer sein Schuhzeug abgestreift und in die Ecke geschmissen hätte. Schließlich sind methodisch sich die Schuhe ausziehende Trinker eine Seltenheit, die Mehrheit der Trinker entledigt sich ihres Schuhwerks wie es gerade kommt. Natürlich, doch erstens gehörte Don Juan Ziobro gerade eben zu dieser trinkerischen Minderheit, die ihre Schuhe methodisch auszog, und zweitens war er ein Mensch, dem Chaos überhaupt fremd war, schließlich war er Frisör und Musiker, und sowohl eine kunstvolle Frisur wie die musikalische Harmonie sind das genaue Gegenteil jeglichen Chaos.

Don Juan Ziobro zum Beispiel trug anders als die meisten Trinker keine Gegenstände aus dem Haus, im Gegenteil, er sammelte Gegenstände, weder machte er altgewordene Gegenstände zu Geld, noch warf er sie weg. In seinem Schrank hingen noch immer Anzüge aus der Stalinzeit, ein paar von seinen Vorvätern geerbte Kochtöpfe datierten vom Beginn des Jahrhunderts, der Ehering aus der einzigen Ehe ruhte noch immer tief in einer Schublade, auch wenn Don Juan schon nicht mehr so sicher wie noch vor zehn Jahren sagen konnte, in welcher.

Ja, es ist wahr, nicht nur in letzter Zeit trank Don Juan Ziobro ausschließlich vergällten Spiritus, doch tat er dies nicht, weil er nicht mehr anders konnte, sondern weil er es so wollte. (Das denaturierte Gesöff bereitete er im übrigen nach einer merkwürdigen Rezeptur, ich erzähle gleich nach welcher). Also war Don Juan Ziobro ein Mensch, der auf spezielle Weise tief gefallen war, er war ein paradoxer Delirant, denn welcher, wenn nicht ein paradoxer Delirant hat in seinem Schrank so viele Paar Schuhe, daß er mit ihnen werfend endlich dieses Entsetzliche, dieses Etwas, das da in der Zimmerecke war, verschütten konnte?

Ich weiß genau, daß die geheimnisvolle Pyramide aus Schuhen in keinster Weise ein Zeichen von Chaos war, sie sollte vielmehr dieses Etwas verscheuchen oder zumindest verdecken, das nach Scheiße stank; sie war Ausdruck einer fürchterlichen Angst, der Überrest eines letzten Kampfes, ein Schlachtfeld, über dem die Wolke des Krematoriums schwebte. Ich weiß das, denn ich habe einmal dein Weinen gehört, Don Juan, und ich höre es auch jetzt, und ich sehe deine Augen, die wie zwei Krater der Angst sind, die sich in deinem Schädel aufgetan haben. Als du eines Tages plötzlich wach wurdest, wolltest du es noch nicht glauben und griffst nach der Flasche am Kopfende und trankst den Rest aus und und schliefst ein zum letzten trunkenen Schlaf deines Lebens.

Ja, es ist wahr, Don Juan Ziobro trank zwischen seinen letzten Aufenthalten auf der Delirantenstation ausschließlich vergällten Spiritus, doch war es ein vergällter Spiritus, der auf subtile und raffinierte Art zubereitet wurde. Ohne ordinäres Verdünnen mit Leitungswasser, ohne jeden technologisches Entsetzen hervorrufenden Zauber, der mit Hilfe des Bleichmittels Ace die Farbe bischöflichen Purpurs hervorrief, ohne den Zusatz von drei Fläschchen Pfefferminztropfen, um dem Trunk den liederlichen Anschein von Pfefferminzschnaps zu verleihen.

Don Juan Ziobro bereitete zuerst Malzkaffee. Er nahm viel Kaffeepulver und kochte ihn lange, am Ende gab er dann, damit der Kaffee die zähflüssige Konsistenz von Teer, die Farbe von Ebenholz und die Kraft einer Dampflok bekam, noch einen Löffel Fallhonig hinzu, vier Löffel Nescafe sowie zwei Beutel Vanillezucker. Den so zubereiteten Mokka mischte er mit dem denaturierten Spiritus, das heißt, er kippte die Flasche mit dem vergällten Spiritus in den Topf mit dem Malzkaffee, der bereits um die angeführten Zutaten bereichert auf Eiseskälte abgekühlt sein mußte. (Auf die triviale Frage, warum der Kaffee auf Eiseskälte abgekühlt sein mußte, werde ich nicht antworten.) Mit einem hölzernen Suppenlöffel rührte er den Cocktail so lange, bis er in eine echte Rührtrance verfiel und es ihm allmählich so schien, als würde er nie mehr aufhören zu rühren. Wenn Don Juan Ziobro klar wurde, daß er wohl nie mehr aufhören würde, den vergällten Spiritus mit dem Malzkaffee zu verrühren, hörte er mit dem Rühren auf, nahm den hölzernen Suppenlöffel aus dem Topf, betupfte ihn mit seiner Zunge, schmeckte den noch reichlich faden Geschmack. Anschließend setzte er auf einen Topf ein Durchschlagsieb, von dem schon fast das ganze Emaille abgesprungen war, und legte das Innere des Siebs mit sterilisierter Gaze aus. Jetzt kam die Zeit der Zitrusfrüchte. Zwei pralle und in aller Gründlichkeit am Obststand ausgewählte Zitronen wurden von Don Juan Ziobro mit einer (für einen Frisör und Musiker) selbstverständlichen und zugleich (für einen Trinker mit zitternden Händen) erstaunlichen Präzision in zwei Hälften geschnitten. Er freute sich über das getane Werk und versenkte seinen Blick lange (jedoch nicht bis an die Grenze der Trance) in die vier identischen Hälften auf dem Tisch. Über dem mit Gaze ausgelegten Sieb drückte er nacheinander und überaus methodisch den Saft einer jeden Zitrone aus. Mit viel Feingefühl wrang er anschließend die Gaze aus und warf sie ausgewrungen achtlos zur Seite. Die Zeit des überaus Methodischen, wie überhaupt die Zeit des Methodischen war nämlich zu Ende. Auch so erwartete Don Juan Ziobro noch ein (Gott sei Dank das letzte) Rühren, auch so erwartete ihn noch das höchste Aufmerksamkeit erfordernde Umschütten (er tat dies mittels eines Trichters, dessen weiße Emailleschicht völlig abgesprungen war) des fast schon fertigen Getränks in eine alte Flasche Jonny Walker, die Don Juan Ziobro aus Sentimentalität aufbewahrte. (Sie erinnerte ihn an eine in seinen Armen debütierende Gymnasiastin.)

Und auch so erwartete ihn noch das Warten. Das dramatische Warten, bis der in den Kühlschrank gestellte Trunk von allererstklassigstem und unvergleichlichstem Geschmack dunkel und abgrundtief wie ein mit wogendem Gras überwachsenes Meer sein würde.

Und Don Juan trank den letzten Schluck eben dieses Gesöffs, als er plötzlich aufschreckte und noch nicht glauben wollte, daß er sah, was er sah, und daß er den Geruch roch, den er roch. Für einen Moment schlief er ein, und als er wieder aufwachte, war das Etwas in der Ecke des Zimmers noch deutlicher, es war so deutlich, daß es Don Juan sogar schien, als sähe er, wie unter der borstigen Schweinehaut die verkrebsten Innereien pulsierten. Und da war ein Gestank, ein nicht auszuhaltender Gestank. Doch als Don Juan Ziobro am Ende begriff, daß das, was er sah (er sah den Finger mit der Klaue, die ihn lockte, ganz deutlich) keine Halluzination war, bewies er seine Tüchtigkeit und beschloß, sich zu wehren. Da er genau wußte, daß die Flasche leer war, beschloß er, die erinnerungsbeladene Flasche auf das in der Ecke lauernde Teufelstier zu werfen. Als seine Hand (mit einer Bewegung so vorsichtig wie die einer Eidechse) über den Boden fuhr, stieß sie statt auf die sentimentale Flasche auf einen Hausschuh, und Don Juan Ziobro schleuderte dem Teufelstier erst den einen, dann aber auch den anderen Hausschuh entgegen. Und genau in dem Moment sträubten sich ihm in fürchterlicher Angst die Haare. In diesem Augenblick ergriff ihn echte Besessenheit, denn nach dem Wurf des zweiten Hausschuhs gegen das Teufelstier fühlte er sich wie ein Soldat, dem die Munition ausgegangen war; es überkam ihn die Angst, daß ihm weitere Pantoffel zum Schmeißen fehlten, denn er bildete sich ein, daß die ersten zwei Pantoffel eine gewisse Wirkung gezeitigt hätten, daß man gegen das Böse nur mit Pantoffeln ankäme, daß hier nur Pantoffeln als wirkungsvolle Geschosse in Frage kämen, daß das Teufelstier unter dem Artilleriebeschuß des Schuhwerks fallen würde. Mit übermenschlicher Anstrengung ließ er sich aus dem Bett gleiten und robbte zum Schrank, der mit Schuhen jedweder Art angefüllt war, und spasmotisch fing er an, das Teufelstier mit Pantoffeln zu bewerfen, und als die Pantoffel zu Ende gingen, warf er Pumps, und als die Pumps zu Ende waren, warf er Tennisschuhe, und dann griff er nach jeder Art von Schuhen, die im Schrank waren, und Schuhe waren da unglaublich viele, so viele, daß sie Don Juan schließlich den Sieg brachten, auch wenn es ein Sieg in buchstäblich letzter Sekunde war. In der letzten Sekunde deckte der letzte Schuh das letzte Teil der pulsierenden und borstigen Schweinehaut zu. Don Juan verspürte eine gewisse Erleichterung, vielleicht kehrte in sein entnervtes Herz sogar ein klein wenig Ruhe ein; er keuchte fürchterlich, und vielleicht unterdrückte die fürchterliche körperliche Erschöpfung wenigstens für einen Augenblick die Angst. Er schloß die Tür des Zimmers, in dem das Böse langsam unter der Schuhpyramide verröchelte. Entweder existierte es schon nicht mehr, oder es war zumindest völlig zugedeckt. Er ging in die Küche, schaltete das Licht ein, zündete sich eine Zigarette an und inspizierte die Wohnung. Alles war an seinem Platz, nichts bewegte sich, nichts kroch herum, nichts raschelte. Der Kühlschrank, die Anrichte, das Spülbecken, der Gasherd standen alle da wie seit Jahrhunderten. Auf der Anrichte stand wie zu Zeiten des Moskowiter Jochs der Schwarz-Weiß-Fernseher der Marke *Junost'*. Don Juan Ziobro hob die Hand und drückte den hauptwichtigsten Knopf, der Bildschirm wurde nach kurzer Zeit hell wie ein Quecksilberbergwerk, es ertönte die Stimme der in dieser Saison ungewöhnlich populären Liedersängerin, ganz in quecksilbernen Blitzen auf unsichtbarem Podium sang sie das Lied vom Seidenschal. Fürchterliche Traurigkeit stach Don Juan ins Herz.

Noch konnte er sich retten, noch konnte er ins Nachtgeschäft gehen, noch konnte er eine seiner aktuellen Freundinnen anrufen, noch konnte er den Notdienst rufen, aber er wollte wohl schon nicht mehr. Er machte den Fernseher aus, saß in der Küche und rauchte. Ich weiß, daß er sich fürchtete, und ich weiß, daß ihm etwas weh tat. Vielleicht suchte er in seiner Hausapotheke nach Relanin, Persen oder Aspirin? Da war nichts. Leere Rutinoscorbinschachteln, zwei Dragees Vitamin C, zu schwache Mittel für eine Wiederauferstehung. Er trank kaltes Leitungswasser, das ist sicher, er drehte den Hahn auf, trank gierig und wischte sich den Mund ab. Vielleicht wollte er etwas essen? Doch im Kühlschrank gab es nur drei völlig ausgetrocknete Suppenwürfel und ein immerhin noch nicht angebrochenes Glas Erdbeermarmelade. Vielleicht hat er geglaubt, daß es geht? Ja, er hat geglaubt, wenn er einen Topf nahrhafter Brühe trinkt, wird er seinen Vorrat an Mineralsalzen auffüllen und sich besser fühlen. Ja, so war es, er hat geglaubt, daß der Zucker, die Glukose und die Vitamine ihn wieder zu Kräften bringen, wenn er langsam, Löffelchen für Löffelchen, das Glas Erdbeermarmelade ißt. Und er löschte die Zigarette und er fing an, das letzte Abendmahl vorzubereiten. Und jene, die die Tür aufhebelten, fanden ihn so: Er lag auf dem Boden, und sein Mund war mit einem weißlich-erdbeerfarbenen Stempel versiegelt.

21

DONNERSTAG, DER 6. JULI 2000

Der Zuckerkönig – im Zivilberuf ein wohlhabender Unternehmer – eröffnete den im Raucherzimmer versammelten Deliranten, daß er in seinem Tagebuch der Gefühle das Gefühl der Erleichterung verzeichnet habe, das er nach dem Stuhlgang verspüre. Besonders unter den Delirantinnen löste dieses Bekenntnis einen Schock aus. Männliches Gekicher der Anerkennung mischte sich mit dem Gemurmel weiblicher Empörung.

»Wir sollen ein Tagebuch der Gefühle schreiben, und darüber läßt sich nicht streiten«, verteidigte sich der Zuckerkönig. »Wir sollen uns in diesen Tagebüchern absolut offen äußern, und darüber läßt sich nicht streiten. Wir tun dies, damit wir lernen, unsere Gefühle von neuem benennen zu können, nachdem wir diese Fähigkeit aufgrund des Mißbrauchs hochprozentiger Getränke verloren haben, und wir tun dies, damit wir lernen, uns von unseren Gefühlen leiten zu lassen, nachdem wir diese Fähigkeit ebenfalls verloren haben, und darüber läßt sich nicht streiten.«

»Und trotz allem«, unterbrach ihn wenig überzeugt Fanny Kapellmeister, im Zivilleben Geschichtslehrerin, »erscheint es mir unangebracht, daß wir beschreiben, in welchem Seelenzustand wir uns nach der Ausscheidung unseres Stuhls befinden.«

»Fanny, du solltest mit deiner Therapie noch mal von ganz vorn anfangen«, giftete der Zuckerkönig sie hochmütig an. »Du unterscheidest die geistige und die emotionale Sphäre nicht voneinander. Dabei hat dir doch Doktor Granada, und dabei hat dir doch Schwester Viola, und dabei hat dir doch der Therapeut Moses alias Ich, der Alkohol, sie alle haben dir mit ihren Therapeutissen zusammen so oft eingeredet, daß dies zwei unterschiedliche Sphären sind. Ich fürchte, daß ich deinen Fall im abendlichen Gruppengespräch vorstellen muß.«

»Ok«, Fanny hob den Kopf und mit dieser einen Geste verwandelte sie sich von einer kaputten Zwergin um die Fünfzig in die hochgewachsene, herrische Brünette um die Dreißig, die sie in Wirklichkeit war. »Gut, aber dann sag zuerst, dann verkünde beim abendlichen Gruppengespräch zuerst, daß du heute, am Donnerstag, dem 6. Juli im Jahre 2000 nach Christi Geburt, beim Scheißen Erleichterung verspürt hast.«

»Das muß ich nicht sagen, denn das habe ich geschrieben«, antwortete der Zuckerkönig und fügte die eherne, mich schmerzlich an jene Welt draußen erinnernde Überlegung hinzu: »Wenn man etwas aufschreibt, muß man darüber nicht reden. Im Gruppengespräch werde ich von etwas anderem sprechen«, fügte er drohend hinzu.

Doch am Abend, als wir uns alle im Speisesaal versammelt hatten, um wie jeden Tag Lebensbilanz zu ziehen, ergriff der Zuckerkönig nicht das Wort, er sagte gar nichts und überhaupt lösten wir weder an diesem noch an irgendeinem anderen Tag die Frage, ob der Seelenzustand nach der Ausscheidung des Stuhls es wert ist oder nicht, ins Tagebuch der Gefühle eingetragen zu werden. Der einzige Streit, zu dem es an diesem Abend kam, war ein Streit ums Telefon. (Sofern man diesen rachitischen Wortwechsel einen Streit nennen kann.) Fanny Kapellmeister, die an diesem Tag außergewöhnlich lebhaft war – vielleicht wurde sie von einem furchtbaren Verlangen nach Wodka verzehrt, vielleicht wollte sie vermeiden, daß es zu einer peinlichen Diskussion über besagtes Thema käme, vielleicht fürchtete sie sich vor dem Zuckerkönig, vielleicht war sie durch einen unratsamen Kontakt mit jener Welt draußen irritiert – in jedem Fall hob die an diesem Tag außergewöhnlich aufgedrehte Fanny Kapellmeister die Hand:

»Ich habe verstanden«, sagte sie, »nach einiger Zeit habe ich verstanden, warum wir kein Fernsehen schauen, kein Radio hören und kein Domino und andere Gesellschaftsspiele spielen können, nach einiger Zeit habe ich das verstanden, aber warum das Telefon nach 21 Uhr abgeschaltet wird, das verstehe ich nicht.«

»Das Telefon wird nach 21 Uhr zum Wohle der Patienten abgestellt.« Auf die unwillkürlich lehrerinnenhafte Tonlage Fanny Kapellmeisters antwortete Schwester Viola bewußt in einer Oberschwesterntonlage, »manche Patienten wollen dann schon schlafen, andere wollen noch in Ruhe etwas arbeiten oder schreiben …«

»Von welcher Ruhe spricht Frau Oberschwester?« Wieder durchlief Fanny Kapellmeister eine Verwandlung, diesmal verwandelte sie sich von der Patientin, die als Bittstellerin auftrat, in die herrische Heroin, »von welcher Ruhe spricht Frau Oberschwester, wenn um 22 Uhr der Flur geputzt wird, was mit einigem Lärm einhergeht, und wir alle um 22:30 Uhr mit unseren persönlichen Mundstücken ins Dienstzimmer spazieren, um in den Alkomaten zu pusten, von welcher Ruhe …«

Fanny Kapellmeister verstummte plötzlich und erstarrte. Für einen Moment sah das wie der klassische Beginn eines epileptischen Anfalls aus, doch nein, Fanny erstarrte und verstummte, weil sie plötzlich den Kern ihres Schicksals begriff. Was verspürt ein Mensch, der mit seinem persönlichen Mundstück in der Hand jeden Abend mit einem Dutzend Menschen vor dem Alkomat Schlange steht? Was verspürt er? Er verspürt nichts besonderes, insbesondere wenn er vorher nichts getrunken hat, er verspürt nichts besonderes, es sei denn, daß er etwas getrunken hat. Dann verspürt er Angst. Ja, aber was verspürt ein Mensch, der sich plötzlich klar macht, daß er jeden Abend mit einem Dutzend Menschen ansteht, die angetreten sind, in den Alkomaten zu pusten? Ein solcher Mensch kann, so wie Fanny Kapellmeister, wie vom Donner gerührt erstarren und sich in eine Salzsäule verwandeln. Fannys Schädel war mit lauter Deliranten angefüllt. Diszipliniert standen sie einer hinter dem anderen und pusteten mit solcher Kraft in den Alkomaten, als wollten sie aus Fannys Kopf alle Gedanken verjagen. Fanny schwieg und setzte sich langsam wieder hin, auch wenn in diesem Sich-Hinsetzen mehr von einem willenlosen In-den-Stuhl-Rutschen war, als von einem Sich-Hinsetzen. Zur gleichen Zeit, gewissermaßen als die gegenüberliegende Schale einer unsichtbaren Waage, erhob sich auf der anderen Seite des Tisches der Therapeut Quasi-Moses alias Ich, der Alkohol.

Fanny Kapellmeister verstummte, als hätte sie sich noch einmal und diesmal in einen Stein verwandelt. Vielleicht hatte sie noch etwas sagen wollen, vielleicht hatte sie sagen wollen, wie wichtig für einen Deliranten ein Telefongespräch sein kann und sei es auch nur von einer Minute Dauer, vielleicht wollte sie sich auf den entsprechenden Paragraphen aus den Patientenrechten berufen, vielleicht wollte sie an etwas erinnern, das eine Pointe dieses Kapitels hätte sein können, und zwar daß der einzige den Deliranten zugängliche Fernsprecher mit Jetons funktionierte, die seit Jahren nicht mehr verfügbar waren, so daß sowieso fast niemand davon Gebrauch machen konnte, vielleicht hatte sie irgendwelche anderen Argumente, doch wahrscheinlich nein, und sogar mit Bestimmtheit, nein. In ihrem Kopf war nichts außer lauter Deliranten, die vor dem Alkomaten Schlange standen.

Fanny sah das in der Schlange stehende Gespenst ihrer selbst klar vor sich und dachte, daß ein Mensch, dem es zum allabendlichen Zeremoniell geworden war, in einen Alkomaten zu pusten, vielleicht tatsächlich keine anderen Rechte haben sollte, als das Recht, allabendlich in den Alkomaten zu pusten. Der Therapeut

Quasi-Moses alias Ich, der Alkohol war indessen endgültig aufgestanden und sagte ganz leise:

»Nach der Hausordnung steht euch, den Deliranten, das Telefon zwischen 7 Uhr und 21 Uhr zur Verfügung. So war es und so wird es sein, oder wird es auch nicht sein, denn ich sehe, daß über die Möglichkeit nachgedacht werden muß, das Stationstelefon überhaupt aus dem Verkehr zu ziehen. Denn es geht hier ja nicht«, und er verbeugte sich leicht in Richtung Schwester Viola, »denn es geht hier ja nicht um eine Ruhe in ihrer, um es so auszudrücken, hörbaren oder auch unhörbaren Form. Ihr habt innerlich den Lärmpegel zu senken, sollt euch beruhigen. Ihr sollt eure genervten Nerven nicht in den Schlaf wiegen, sondern in ein ruhiges Leben in der Zukunft. Und alles, was aus jener Welt kommt, selbst das Telefon, kann euch ablenken. Das Telefon, ich würde sagen: gerade das Telefon, kann den Menschen ablenken, ich weiß aus eigener Erfahrung wie ablenkend manche Telefonate sind. Demnach, wie ich sagte: von 7 bis 21 Uhr. Danach ist Nachtruhe, der Hörer ausgehängt, Arbeit an sich selbst, Innerliches-zur-Ruhe-kommen. Ein unendliches, zur absolut perfekten inneren Ruhe führendes Zur-Ruhe-Kommen. Ja, kommt innerlich zur Ruhe, kommt zur Ruhe, denn wenn ihr nicht zur inneren Ruhe kommt, werde ich, der Alkohol«, der Therapeut Quasi-Moses alias Ich, der Alkohol sprach noch immer ganz leise, doch er breitete seine Arme weit aus, um wie ein Drache zu wirken, »wenn ihr nicht zur inneren Ruhe kommt, werde ich, der Alkohol, euch zerquetschen.«

Innerliches-zur-Ruhe-kommen, das war unser Lebensziel, unser Gebet und unser Gott (nach hiesiger Mundart eventuell: höhere Gewalt, wie immer wir sie verstehen). Es war unser gelobtes Land, in das wir unter Leitung des Therapeuten Moses alias Ich, der Alkohol von unseren Therapeutissen geführt wurden. Doktor Granada führte mit uns philosophische Dispute über das Leben und den Tod, Schwester Viola und die anderen Schwestern machten das, was Schwestern machen: Sie verabreichten Tropfinfusionen, Spritzen und Vitamine, Beruhigungsmittel, Cocktails für den von Mineralien restlos ausgewaschenen Körper, die Therapeutissen wiederum führten uns ins gelobte Land der inneren Ruhe. Alle Therapeutissen waren selbst seit langem innerlich ganz außergewöhnlich zur Ruhe gekommen, sie waren innerlich professionell zur Ruhe gekommen, sie waren Virtuosinnen der inneren Ruhe. Ihnen genügte ein scharfer Blick, um den Grad unserer inneren Ruhe zu erkennen, um auf den Millimeter genau den Weg festzulegen, der uns noch vom gelobten Land der absoluten inneren Ruhe trennte. Und der Therapeut Quasi-Moses alias Ich, der Alkohol war schon bis zur Göttlichkeit scharfsinnig (den ersten Teil seines Namens hatte er sich aufgrund seiner Führerschaft verdient, nicht aufgrund seines Glaubensbekenntnisses). Der Therapeut Quasi-Moses alias Ich, der Alkohol hatte sich ganz bestimmt auf dem Gipfel des Berges mit dem Gott der inneren Ruhe getroffen, und der Allmächtige hatte ihm das gesamte Wissen zum Thema innerer Ruhe übergeben. Der Therapeut Quasi-Moses alias Ich, der Alkohol betrachtete sich einen innerlich nicht ausreichend zur Ruhe gekommenen Menschen und sagte dem innerlich nicht ausreichend zur Ruhe gekommenen Menschen: Mensch, komm innerlich zur Ruhe! Und augenblicklich kam der Mensch innerlich zur Ruhe.

Ich erinnere mich noch wie heute, auf den Tag genau an mein Treffen, Auge in Auge, mit dem Therapeuten Moses alias Ich, der Alkohol. Das war genau am Donnerstag, dem 6. Juli 2000. Ich erinnere mich so genau, weil ich gerade an diesem Tag den ersten Absatz des Tagebuchs der Gefühle für den Meistgesuchten Terroristen der Welt schrieb, der im Zivilleben Fernfahrer war, und Obst in den Osten gefahren hatte. Der Meistgesuchte Terrorist der Welt hatte mir überaus flüchtig die Geschichte seines Lebens erzählt, er sprach ungelenk und es war unmöglich, ihm aufmerksam zuzuhören. Daß er mir seine Geschichte diktieren könnte, kam in diesem Falle nicht in Frage, nicht einmal ein unbewußtes Diktat, noch weniger, daß er sie selbst aufgeschrieben hätte. Ich sträubte mich dagegen, ganz, nicht nur mechanisch, sondern auch mental für ihn zu schreiben, ich wollte nicht einfach in die Gestalt des Erzählers schlüpfen, in einen Fernfahrer, der Obst mit einem Lastwagen nach Osten fährt. Ich sträubte mich, aber der Meistgesuchte Terrorist der Welt bot mir ein Flakon mit Kölnisch Wasser der Sorte »Polo Sport« an, und dieser Versuchung konnte ich nicht widerstehen. Jegliche Kölnisch Wasser und Deodorants waren auf der Delirantenstation strengstens verboten, mich quälte jedoch während meines neuerlichen Aufenthalts die zwanghafte Vorstellung, daß mein ganzer Körper und mein teurer Trainingsanzug gänzlich von dem Geruch durchtränkt wären, der den Pyjamas der Geistesgestörten entstieg.

Rund um die Delirantenstation standen, von wildwuchernden Gärten umgeben, die Backsteinhäuser der Geistesgestörten. Zur Mittagszeit wurden die Gärten von den Stimmen der in gestreiften Pyjamas gekleideten Selbstmörder und Schizophrenen erfüllt, dicht und gelblich wie Seifenschaum zogen die Geruchswolken von ihren weiß-blauen Pyjamas und mehligen Körpern durch die Gärten; ich konnte mich des Gedankens nicht erwehren, daß sich eine dieser Wolken über mich stülpen und mich einhüllen würde.

Aus den zitternden Händen des Meistgesuchten Terroristen der Welt nahm ich das Flakon mit Kölnisch Wasser der Sorte »Polo Sport« entgegen, ich versprach mir, es sehr diskret zu verwenden, in jedem Falle so, daß es dem unübertrefflichen Geruchssinn von Schwester Viola entgehen würde, die aus der Entfernung von über zehn Metern (allein, wie ich betone, auf Grund des Geruchs) feststellen konnte, mit welchem: unvergälltem oder vergälltem Alkohol man (äußerlich oder innerlich) Kontakt gehabt hatte. Ich nahm das Flakon entgegen, verwahrte es in einem Versteck, das ich nicht preisgebe, und übernahm im Gegenzug die Aufgabe, das Tagebuch der Gefühle zu führen.

Am sechsten Juli saß ich um halb fünf Uhr morgens am Tisch im Schreibzimmer und vermerkte auf einem A4-großen Blatt Papier in der linken oberen Ecke das Datum: 6. Juli 2000.

»Der erste Tag meines Aufenthalts liegt hinter mir. Es ist halb sechs Uhr morgens. Es regnet. In einer halben

Stunde wird die Wecktrompete ertönen. Ich sitze im Studierzimmer und schreibe ein Tagebuch der Gefühle. Im Augenblick verspüre ich Verzweiflung in meinem Herzen. Was ist der Seelenzustand eines Menschen, der zu Beginn des Monats Juli auf der Delirantenstation erwacht und weiß, daß er hier den ganzen Sommer verbringen soll? Der Regen vor dem Fenster bedrückt mich und zugleich verschafft er mir Erleichterung. Er bedrückt mich, weil ich dann am Sonntag, wenn meine Verlobte kommt, und wenn es bis Sonntag weiter regnet, nicht weiß, wo ich mit ihr hin soll. Erleichterung aber verschafft mir der Regen, weil es mir noch viel mehr leid täte um meinen bereits gebuchten und durch meine wahnwitzige Trinkerei vergeudeten Urlaub, wenn es richtig heiß wäre. Ich würde mir dann immer vorstellen, wie ich mit meiner Verlobten am Strand liege, und meine Verzweiflung wäre dann noch größer.

Gestern verabschiedeten wir auf der abendlichen Gruppenversammlung die Abgänger. Ich beneidete sie und wäre gerne einer von ihnen gewesen. Der obdachlose Czesław, der als letzter eine Abschiedsrede halten sollte, las stattdessen ein Gedicht vor, das er selbst geschrieben hatte. Als er endete, sagte Schwester Viola, daß er die ganze Behandlung eigentlich noch einmal von vorne beginnen müßte. Gut, daß ich keine Gedichte schreiben kann.«

Ich verspürte auf einmal eine große Müdigkeit. Ich spürte, daß es mich ganz allgemein erschöpfte, den Deliranten ihre Konfessionen, Aufsätze und Tagebücher der Gefühle zu schreiben, und im besonderen spürte ich, daß es meine Kräfte überstieg, dem Meistgesuchten Terroristen der Welt ein falsches Tagebuch zu schreiben. Seit einiger Zeit schon hatte ich den Verdacht, jetzt aber hatte ich die unumstößliche Gewißheit, daß die unaufhörliche Mühe, den primitiven Stil der Deliranten zu imitieren, auf meine erlesene Ausdrucksweise abfärbte. Es wäre für meine Arbeiten schädlich, würde ich in stundenlanger Plackerei weiter die in ihrer Syntax holprigen Sätze zusammenstoppeln, und – ich wiederhole – auch meine Gesundheit ließe das nicht mehr zu. Ich könnte zwar den Preis für meine schriftstellerischen Dienste anheben, doch dann wären die sowieso schon bettelarmen Deliranten bald vollkommen zahlungsunfähig, und schließlich waren die von ihnen angebotenen Honorare in Form von Fünfzłotystücken, Zigaretten oder dergleichen meine einzige Einnahmequelle. Ich fand einen eleganteren Ausweg, ich beschloß, freier zu schreiben, ich beschloß, mein Licht nicht länger unter den Scheffel zu stellen und meinen individuellen

Schwung nicht mehr zu bremsen; ganz am Schluß wollte ich dann durch das Abseien stilistischer Raffinessen und gelehrter Einlagen den Text dergestalt redigieren, daß er aussähe wie das mühevoll von zitternder Hand gekritzelte Original eines delirösen Manuskripts.

»Von Beruf bin ich Fernfahrer, in den letzten Jahren habe ich in einer Spedition gearbeitet, die Obst mit Lastwagen in den Osten fährt. Die Arbeit war gefährlich, aber gut bezahlt. Man muß auch viel und an ganz unterschiedlichen Orten trinken. Ein Lastwagen mit Obst kann nicht allzu lange warten. Ein Lastwagen mit Obst kann weder beim Beladen, noch unterwegs und auch nicht an der Grenze eine Woche herumstehen. Damit es voranging, damit die Sache schnell losgehen konnte, damit der von mir gesteuerte Lastwagen mit dem Obst schnell losfahren konnte, mußte ich den Packern an der Rampe, den Lagerverwaltern, Polizisten, Zöllnern und den Empfängern des Obsts einen ausschenken. Und ich schenkte einen aus und ich trank zusammen mit den Packern an der Rampe, den Lagerverwaltern, den Polizisten, den Zöllnern, ich trank mit Polen und ich trank mit Russen. Mein Chef, der Frachtführer der Firma, die Obst mit Lastwagen in den Osten transportierte, zahlte mir zusätzlich zu meinem Gehalt das Geld für den Wodka, mit dem ich den Weg freimachte. Er war ein guter Mensch, obwohl er überhaupt nicht trank. Um so mehr tut es mir leid, daß ich getan habe, was ich getan habe. Und ich habe das getan, daß ich beim letzten Mal völlig betrunken aus Rußland zurückgekommen bin. Daran allein war noch nichts Besonderes, so was war mir auch schon früher passiert. Aber dieses Mal, als ich im Rausch aus Rußland zurückkam, wollte ich unbedingt (auf der Stelle! auf der Stelle!) zu meinem Chef gehen und mit ihm reden, wollte ich in der Aura herzlicher Nüchternheit, die diesen Menschen umgab, wieder ein wenig zu mir kommen, und ich klopfte an die Tür zum Büro des Frachtführers, und ich trat ein, und ich setzte mich in einen Sessel, und ich begann ein Gespräch, an das ich mich nicht erinnern kann. Als der Chef sah, in welchem Zustand ich war, gab er mir Kaffee zu trinken. Ich trank den Kaffee in großen Schlucken und verspürte Übelkeit. Nicht ohne Bedeutung ist, daß draußen klirrender Frost herrschte, es im Büro meines Chefs aber sehr heiß war. Der Temperaturunterschied muß mich zusätzlich geschwächt haben. Mein Chef sagte etwas zu mir und war dabei sehr herzlich, doch ohne darauf zu achten, daß mein Benehmen unfreundlich wirken mußte, erhob ich mich, weil ich dachte, daß ich es noch schaffe. Leider habe ich es nicht mehr geschafft. Ich stand auf und spürte, wie mich ein fürchterlicher Krampf in meinen Innereien schüttelte und ein schäumender Schwall ergoß sich aus mir und ich reiherte die Landkarte des polnisch-russischen Grenzgebiets, die auf dem Schreibtisch meines Chefs lag, von oben bis unten voll. Mein Chef beobachtete verdutzt, wie die bräunlichen Bäche den Bug überquerten, wie sie mit der Geschwindigkeit von dahinjagenden Lastwagen über die Grenzkontrollpunkte in Brest-Litowsk, Medyka und Terespol dahinflogen, wie sie mit der Geschicklichkeit von Schmugglern über die grüne Grenze spazierten, wie Grenzwachen und Schmugglerverstecke in ihren Fluten versanken, wie die Ströme in die Vororte von Sokółka drangen, wie sie den Markt von Bobrowniki überfluteten und durch Siemiatycze flossen.

Und der organische Geruch meines Erbrochenen breitete sich in dem Bürozimmer aus, und gewürgt vom Reihern, vom Gestank und der Scham fiel ich wie tot meinem Chef zu Füßen.

Warum war das passiert? Warum war gerade mir das passiert? Wie soll ich erklären, daß ich dem Chef meine außergewöhnliche innere Verbundenheit zeigen wollte, während ich ihm den schändlichen Inhalt meines Magens zeigte? Grundsätzlich besteht das Problem darin: Wie läßt sich die Tiefe der Seele eines Trinkers mit der Seichtheit des Körpers eines Trinkers versöhnen? Wie soll man das erklären und wie in Einklang bringen? Wie läßt sich überhaupt höchste Erhabenheit der Seele mit dem fürchterlichsten Reihern verbinden? Mit welchem schwarzen Faden läßt sich phantastische und kreative Leichtigkeit mit einem am nächsten Tag vom Schweiß geschwärzten Leintuch verweben? Welches ist der Zusammenhang zwischen abendlichem Mut, Bravour und morgendlicher Angst und Furcht? Stelle ich, im Zivilberuf ein einfacher Fernfahrer, der Obst in den Osten transportiert, stelle ich, ein einfacher Chauffeur, von seinen Kollegen wegen ihrer Vorliebe für militärische Spitznamen Der Meistgesuchte Terrorist der Welt genannt, stelle ich zufällig nicht die trivialsten Fragen, auf die jeder beliebige Arzt und vielleicht sogar ein Medizinstudent im ersten Semester antworten kann? Ich schäme mich, daß ich in so offensichtlicher Weise meinem eigenen Hochmut Absolution erteile, und trotzdem: Nein. Ich stelle Fragen höherer Ordnung. Ich schreibe dieses Romantraktat über ein Laster nicht, um Antworten zu geben, sondern um Fragen zu stellen. Und vorausschauend trifft es sich so, daß ich die letzten Kapitel dieses Traktats auf der Delirantenstation schreibe. Denn mein Chef hat mich, als er meinen verkotzten Leichnam zu seinen Füßen sah, umgehend hierhergebracht ...«

Plötzlich (plötzlich! plötzlich!) spürte ich die leichte Berührung einer Hand auf meinem Arm und es packte mich furchtbares Entsetzen, so daß ich nicht nur sofort mit dem Schreiben aufhörte, sondern den letzten Satz nicht einmal mit einem Punkt abschloß. Ich wußte, daß alles herausgekommen war, daß mein gesamtes betrügerisches Schaffen entdeckt war. Ich wußte, daß der Therapeut Quasi-Moses alias Ich, der Alkohol meinen Arm berührt hatte und hinter mir stand. Ich wußte, daß er mir über die Schulter schaute, daß er schon seit geraumer Zeit den Lauf meiner Feder verfolgt hatte, daß er las, was ich schrieb. Ich wandte mich im Stuhl um und erblickte sein breites, freundliches Antlitz, und ich wagte nicht, ihm in die Augen zu sehen. Ich zitterte wie ein Häufchen Wackelpeter, fühlte, spürbar fühlte ich, wie ich nach ein paar Wochen plötzlich wieder alle Entzugssymptome auf einmal hatte: Angst, Schweißausbrüche, Übelkeit, Schlaflosigkeit, Halluzinationen. Der Therapeut Quasi-Moses alias Ich, der Alkohol betrachtete mich aufmerksam, warf noch einen Blick auf die vollgeschriebene Seite, die ich nicht einmal zu verdecken suchte, worauf er mich ansah und sprach:

»Ich sehe, du bist innerlich zur Ruhe gekommen, ich sehe, du arbeitest an dir und bist bemüht, innerlich ruhig zu sein. Das ist sehr gut. Die innere Ruhe, die absolute innerliche Ruhe ist die Grundlage von allem.«

Mit einer herzlichen, wenngleich innerlich ruhigen Bewegung klopfte er mir auf die Schulter und so wie er gekommen war, verließ er lautlos den Raum. Mechanisch, mit golemgleichen Bewegungen, stand ich auf, holte ein Päckchen Zigaretten aus der Tasche, verließ das Studierzimmer und ging den Flur hinunter. Als ich die Tür zum Raucherzimmer öffnete, hörte ich noch die letzten Fragen des ewigen Streits darüber, ob ein Zusammenhang (und wenn ja, welcher Art) zwischen der Seele und der Physiologie bestehe.

22
DIE FUCHSSTUTE FUCHS

Es ist ein frostkalter Vorkriegswinter. Mitte Januar 1932 oder 1933. In dem Teil der Welt, in dem mein Großvater, der Alte Kubica, jetzt sein nächstes Glas Baczewski-Wodka austrinkt, werden sich Frost und Schnee lange halten. Der massige Schafspelz ist ihm von den Schultern gerutscht, der Alte Kubica trägt ein weißes Hemd mit Stehkragen und eine schwarze Weste, ihm ist warm, das Blut pulsiert in seinen Adern, von irgendwo aber strahlt ein Schmerz aus, über dem Herzen oder der Lunge ist eine intramuskuläre oder intraossale Lücke, ist eine Wunde, die nicht verheilen will.

Im Wirtshaus »Drossel« ist es finster, allein die Petroleumlampe auf dem Tresen wirft ein Bündel fahlen Lichts, allein die erhitzten gußeisernen Türchen des Kachelofens scheinen rötlich wie das Mal des Kriegsgottes, allein vor den Fenstern in der Ferne schimmert weiß das Mondlicht. Der Wirt stellt Gläser auf die Regale der Anrichte, er wirft einen Blick in die finstere

Ecke. Der Alte Kubica sitzt reglos da, das heißt, er sitzt eine Viertelstunde lang reglos da, nach einer Viertelstunde sieht man eine unmerkliche Bewegung der Hand, hört man ein leises Klirren von Glas, der Kopf neigt sich nach hinten. Der Alte Kubica, mein Großvater, trinkt, er weiß nicht was tun. Er verscheucht die Gedanken an die Schulden, den Hof, an Großmutter Zofia, er verscheucht die Gedanken an die Kinder. An seine Lieblingsstute, die den männlichen Namen Fuchs trägt, denkt er überhaupt nicht. Eher denkt er daran, daß er am nächsten Morgen in der Frühe den Käufer aus Ustroń, dem er heute die Fuchsstute mit dem Namen Fuchs verkauft hat, wird töten müssen.

»Das ist das allerschönste Pferd, das ich je gesehen habe, das ist das allerschönste Pferd der Welt«, wiederholte seit einem halben Jahr der Käufer. »Die Fuchsstute von Marschall Piłsudski ist daneben nichts. Ich zahle Euch jeden Preis, für das Geld könnt ihr Euch ein neues Haus hinstellen.«

Der Alte Kubica lachte, strich dem Pferd über die Mähne, lauschte mit zurückgelegtem Kopf auf das Stampfen, das Schnauben, das Wiehern – es war die Geste eines Dirigenten, der fehlerfreien Tönen lauscht, eines Trinkers, der ein Glas der Wonne leert.

Heute früh zitterten ihm die Hände, das Herz raste,

Schweiß troff ihm von der Stirn, im Kopf dröhnten hartnäckig die Gedanken: alles verloren, mißlungen, alles umsonst. Die Gerichtsvollzieher kommen, und ich werde mit Weib und Kindern diese Hütte verlassen müssen.

In der Stube, in der er schlief, war es vielleicht minus ein, vielleicht minus fünf Grad. Er stand am Fenster, abwechselnd überfluteten ihn Hitze- und Kältewellen, seine Stirn sank auf die frostbereifte Fensterscheibe, er schaute auf den leeren Platz vor dem Haus, sah, wie der Käufer den Pfad entlangging, den mein zehnjähriger Vater sorgfältig saubergefegt hatte.

»Muß früh aufgestanden sein«, flüsterte der Alte Kubica zu sich und einen Moment lang dachte er, daß die Menschen, die früh aufstehen, die sich mit eiskaltem Wasser waschen, Rührei mit Speck essen, heißen Kaffee trinken, dann die Pferde an den Schlitten schirren, sich in warme Decken hüllen und in absoluter Stille die zehn Kilometer von Ustroń nach Wisła durch absolutes Weiß fahren, wahrscheinlich glücklich sind, daß wahrscheinlich nichts sie schmerzt. Sollte er selbst anspannen lassen und fahren, wohin das Auge reicht? Mein stolzer Großvater verzog angeekelt das Gesicht und war böse auf sich, daß er es zugelassen hatte, derart weibischen Gedanken nachzuhängen. Zu fahren, wohin das

Auge reicht? »Wohin würde ich fahren?« lächelte er säuerlich. »Vermutlich ins Wirtshaus.«

»Ja«, brummte er, »ich würde höchstens nach Ustroń ins Wirtshaus fahren.«

Der Käufer stand in der Tür, er breitete unsicher die Arme aus und lächelte verständnisinnig.

»Also ...«

»Schon gut«, unterbrach ihn Großvater, »soviel, wie ihr gesagt habt, und noch zwanzig Złoty.«

Der Käufer griff ohne nachzudenken hinter seinen Gürtel.

»Und noch etwas«, die gepflegte Hand des Käufers blieb unter den Schößen des warmen Tuchs seines Kaftans stecken. »Das Geld heute, das Pferd morgen. Morgen wird es um genau diese Zeit kommen.«

Der Käufer wollte noch etwas sagen, aber Großvater mußte ihn so angeschaut haben, daß er nichts mehr sagte. Langsam und mit verringertem Eifer wühlte er hinter seinem Hosenbund. Schließlich holte er ein Bündel Banknoten hervor.

»Die zwanzig Złoty lege ich morgen drauf«, sagte er mit jämmerlicher Stimme, als würde ihn der lang ersehnte und endlich vollzogene Handel plötzlich nicht mehr interessieren. »Ich glaube an Euch, Ihr seid in der ganzen Gegend als Mann von Ehre bekannt.«

»Bis morgen«, sagte Kubica und verließ, ohne den Käufer weiter zu beachten, als erster die Stube.

Vor dem Haus beugte er sich, nahm eine Handvoll Schnee und rieb sich das Gesicht ab. Der Käufer sah ihn mitten auf dem Platz stehen, Stirn und Brauen mit Schnee bedeckt, er näherte sich ihm nicht, machte sogar einen kleinen Umweg. Als er sich in sicherer Entfernung glaubte, sagte er:

»Auf Wiedersehen, bis morgen früh.«

Der Alte Kubica sieht nichts und hört nichts. Er hört die Glocken am Gespann des Käufers nicht, das sich langsam entfernt, er sieht die Kinder nicht, die in die Schule gehen. Aus den Kaminen der Hütten steigt Rauch auf, aus der Ferne hört man, wie Holz eingeschlagen wird, aus dem Wald bei Ochodzita ruft jemand: »komm, komm, komm«. Eine fast gänzlich schwarze Katze schleicht über den Platz.

»Es muß etwas geschehen, aber was?« sagt Großvater zu sich. »Es muß etwas geschehen ...«

Er schaut sich geistesabwesend um, dabei ist er geistesgegenwärtig genug, einen Bogen um das Tor zu machen, das zu den Ställen führt. Am Ende des Hofs sieht er die Tanne, an der vor zwei Wochen noch Äpfel und Süßigkeiten gehangen hatten, gegen eine Wand gelehnt. Weihnachten war gekommen und gegangen, dabei wäre es besser gewesen, wenn es Weihnachten nicht gegeben hätte.

Er war nicht imstande gewesen, ein Gebet zu sprechen, er war nicht imstande gewesen, Weihnachtslieder zu singen. Fast niemand hatte bei Tisch etwas gesagt, die Kinder waren dem Weinen nahe. Sein Herz war wie ein Stein, der im Feuer zerplatzen wollte. Großmutter Zofia stellte Kraut auf den Tisch, das nicht gar war. Der mit hellblauem Emaille überzogene Topf mit dem lauwarmen Essen neigte die Schale zur Seite der bösen Geister. Einer von ihnen fuhr in ihn, beugte sich über das Tischtuch, nahm das fatale Gefäß in seine Hände und schmiß es gegen die Wand, an der das Ebenbild von Martin Luther nach einem Gemälde von Cranach hing, und die Kerze auf dem Tisch erlosch, und das Portrait unseres Reformators fiel zu Boden. Alle waren sie geflohen – Vater erzählte immer von den großen Fluchten vor dem Alten Kubica – alle waren schon am Laufen, rannten durch den Flur, über den dunklen Platz, stellten eine Leiter an den Einstieg zum Heuboden, und einer nach dem anderen stiegen sie hinauf, wie eine Abteilung gut trainierter Feuerwehrleute. Er warf die Schemel um, warf den Tisch um, warf die Anrichte um. Er nahm das Jagdgewehr von der Wand und rief meinen zehnjährigen Vater zu sich. Sie gingen über das

Anwesen, Großvater trug die Flinte auf der Schulter, in der Faust hielt er eine Flasche und er sang Weihnachtslieder:

Gib Herr Gott den Abend, eine frohe Nacht.
Gib den Abend, eine frohe Nacht.
Dem Herrn des Hauses zuförderst, Herr.
Dem Herrn des Hauses zuförderst, Herr.
Der Frau des Hauses gib sie dann auch.
Der Frau des Hauses gib sie dann auch.
Dem Gesellen allseits schöne Nacht.
Dem Gesellen allseits schöne Nacht.

Er trank aus der Flasche und seine schöne Stimme trug weit über die Täler. Auch mein Vater versuchte zu singen, doch Angst, die stärker war als der Frost von dreißig Grad, drang ihm in Mark und Knochen – eine Spur dieser Angst sollte für immer in ihm bleiben. Damals, in der Weihnachtsnacht des Jahres 1932 oder 1933 fürchtete mein neun- oder zehnjähriger Vater, daß hinter der Kohle ein Engel hervorträte, der eilends nach Bethlehem unterwegs war. Er fürchtete sich, daß irgendwo ganz in der Nähe ein Engel wäre, der den Weg verfehlt oder der beschlossen hatte, seinen Flug zu unterbrechen und kurz auszuruhen. In der Weihnachtsnacht war der Himmel voller Engel, die im schneidenden Flug der Schwalben dahinflogen, die Engel standen in dieser Nacht auf den Feldern, flogen über die Dächer, manchmal konnte man das Rauschen ihrer Flügel und ihren Chorgesang hören. Mein Vater fürchtete sich, denn er war sicher, daß der Alte Kubica auf einen Engel schießen würde. Gleich würden die Engel hinter dem Haus hervortreten, unter dem schneebedeckten Apfelbaum würden sich ihnen beflügelte Wesen zeigen und mein Großvater würde ohne nachzudenken seine Waffe von der Schulter reißen und fast ohne Ziel zu nehmen schießen und sie treffen. Und auf dem Flügel des Engels würde sich ein, nur ein einziger Blutstropfen zeigen, und dieser eine Tropfen würde eine solche Kraft haben, daß alles in Flammen aufginge und alles versengt würde, sobald er auf die Erde fiel. Alles würde in Flammen aufgehen, sogar der Schnee. Doch sie gingen über den ganzen Platz und durch den Obstgarten hinter dem Haus und nichts geschah, und langsam ließ die Angst nach, die Bewegungen des Alten Kubica wurden immer träger, schon sang er nicht mehr, schon suchte er nicht mehr den Übeltäter, den es zu töten galt. Er kehrte in seine eiskalte Kammer zurück, stellte die Flasche auf den Boden neben dem eisernen Bett und schlief ein.

»Es muß etwas geschehen, aber was?« dachte mein Großvater, schaute auf den an die Wand gelehnten

Weihnachtsbaum und erinnerte sich an den Wechsel, den er gleich nach Weihnachten unterschrieben hatte, und er erinnerte sich an den Moment des Zögerns, bevor er unterschrieb. Er! Er, der niemals zögerte, den nie irgendwelche Zweifel plagten, ihn befiel nun ein Augenblick des Zweifelns, bevor er die todesmutige Unterschrift leistete, aber er hielt nicht inne und zog aus seinem Zweifeln keine Schlüsse. Nichts – nur der Teufel hatte ihm das Hirn verdüstert, nichts – nur der Herrgott hatte ihn dafür gestraft, daß er am Weihnachtstisch anstatt zu beten und zu singen, den Topf mit dem lauwarmen Kraut gegen die Wand geschmissen hatte. Die ganze Landwirtschaft für einen Topf Kraut, und dazu noch kaltes? Wie rechnet Ihr, Herr Gott? fragte er ohne Überzeugung, und Gott antwortete völlig überzeugt nicht und der Alte Kubica akzeptierte in der Tiefe seiner Seele die göttliche Rechnung, wonach der Topf mit dem kalten Kraut ganz offensichtlich der sprichwörtliche Tropfen war, der das Faß zum Überlaufen gebracht hatte.

Er geht in den Holzschuppen und umfaßt mit beiden Händen den Stiel der Axt, mit der er morgen früh vielleicht den Käufer aus Ustroń erschlagen wird. Wie er ihn genau erschlagen wird, weiß er noch nicht, aber er weiß, daß er ihn erschlagen wird. Einzelheiten haben ihn nie interessiert, jetzt interessieren sie ihn noch viel weniger. Er denkt nicht, ob er eine Flinte verwenden wird, eine Axt, oder einen Hammer, er wird nehmen, was gerade zur Hand ist, denn immer hat er genommen, was gerade zur Hand war, und wenn nichts zur Hand sein wird, dann wird er es mit seinen bloßen Händen tun. Was wird er mit dem Körper des erschlagenen Käufers machen? Na was schon? Nichts wird er tun. Er wird die Leiche liegen lassen und ins Wirtshaus gehen. Er wird wie jeden Morgen im Wirtshaus sitzen, nur wird er an diesem besonderen Tag darauf warten, daß die Gendarmen kommen, um ihn zu holen. Wenn sie kommen, geht er mit ihnen. Der Alte Kubica hält die Axt in der Hand und beim Gedanken, daß ihn morgen gegen Mittag die Gendarmen holen werden, verspürt er Erleichterung.

»Ja, die Gendarmen«, flüstert er und ohne sich bewußt zu sein, daß er ein noch unbekanntes Gedicht paraphrasiert, fügt er hinzu: »Gendarmen sind immer eine Lösung.«

Mein Großvater schneidet jetzt ein paar Tannenzweige ab und weiß schon, was er an diesem Vormittag machen wird. Er bereitet ein Stück Glas vor, Schmirgelpapier und eine kleine Handsäge, er wird aus der Tanne verschiedene Gegenstände schnitzen, vor allem wird er daraus vier kleine Schlagbesen schneiden. Die Tanne ist wunderschön und die Zweige breiten sich sternförmig aus, sie erinnern an kleine Skistöcke, die Schlagbesen dienen Großmutter Zofia zum Rühren in den mit hellblauem Emaille überzogenen Töpfen und kommen wie gerufen. Eine oder vielleicht auch zwei Stunden lang arbeitet Großvater mit viel Liebe, er berührt den harzigen Baum, der Tannengeruch beruhigt seine aufgewühlten Nerven, seine Hände sind ruhig. Behutsam schält er die Rinde von dem Tannenstock und fängt an zu singen, erst unbeholfen wie ein Orchester beim Stimmen der Instrumente, dann immer geschmeidiger, wie Musiker bei der Ouverture zu einem Festakt. Zwei Wochen lang hat er geschwiegen, jetzt beginnt mein Großvater zu singen und jetzt ist es, als würde er mit seinem Gesang in unseren Chor einfallen, den Chor der Deliranten.

Auf den Fluren der Station verweben sich alle Stimmen und alle Melodien der Welt, und manchmal höre ich in der sehnsüchtigen Polyphonie ganz deutlich die alte góralische Melodie, die der Alte Kubica vor über einem Dutzend Jahren auf dem verschneiten Platz gesungen hat. Die Melodie ist dieselbe, nur die Worte sind andere, er beugt sich über den geschälten, nackten, glitschigen Stamm der Tanne und singt voll Inbrust wahrscheinlich das, was ihm gerade in den Sinn kommt:

Es gibt dich nicht, gibt dich nicht – wird dich nicht
geben
Auf dem See, auf dem See – weiße Schwäne leben

Singt mein Großvater ein Lied auf den Tod des Käufers aus Ustroń, den er am nächsten Morgen erschlagen wird? Oder auf den Abgang der Fuchsstute Fuchs? Oder auf den eigenen Abgang in Begleitung der Gendarmen? Oder singt er von mir? Oder singt er von dir? Es gibt dich nicht, gibt dich nicht, wird dich nicht geben. Nein, du bist hier. Ich bin hier. Es gibt mich, weil ich nicht den Tod gewählt habe. Der Alte Kubica, hätte er die Wahl zwischen keiner Flasche am Kopfende oder dem Tod gehabt, er hätte den Tod gewählt. Ich wähle das Leben und der Alte Kubica in dem himmlischen Wirtshaus (ein Engel schenkt ihm ein) trinkt auf mein Wohl. »Großvater«, sage ich zu ihm, »trunkener Vater meines trunkenen Vaters, Großvater, ich war auf demselben verschneiten Platz, eine Flasche stand an meinem Kopfende, der gleiche schwarze Schweiß floß an mir herunter, mein Herz hat gehämmert und meine Hände haben gezittert. Aber ich wähle das Leben, bei mir ist eine Liebe so stark wie dein Gesang, sie bietet mir Rettung. Unser Laster, das dich umgebracht hat, fällt von mir ab wie die Haut von der Schlange abfällt; ich habe gesiegt, mit dir teile ich meinen Sieg, ich schreibe von dir und ich schreibe von mir nicht nur, um zu zeigen, daß wahre deliröse Prosa nicht mit dem Tod enden muß: sie endet mit dem Leben, das niemand weiß wie enden wird.

Nach einer oder vielleicht zwei Stunden Arbeit sprang der Alte Kubica plötzlich von seinem Platz auf. Er hatte wohl beschlossen, jetzt auf der Stelle das zu machen, was er morgen machen wollte, wahrscheinlich spannt er jetzt die Pferde vor den Schlitten und jagt in gestrecktem Galopp und einer Wolke aus Schnee nach Ustroń, die Axt zu seinen Füßen. Doch nein: Der Alte Kubica springt von seinem Platz auf, denn es geschieht mit ihm das, was immer mit uns geschieht: Es kommt der Augenblick, wo der Mensch etwas trinken muß. Und mein Großvater, der bereits das Wissen und die Gewißheit in sich trägt, die ihm die riesenhafte Erleichterung verschaffen, daß er sogleich etwas trinken wird, wirft sich den massigen Schafspelz über die Schultern und geht ins Wirtshaus. Er läßt sich in der entferntesten Ecke nieder und bestellt den teuersten Wodka, einen Baczewski. Er bezahlt für jede neue Flasche und sagt allen, die sich noch im Laufe des Tages oder später bei Sonnenuntergang zu ihm setzen wollen:

»Heute setz dich nicht zu mir. Setz dich weg.«

Der einzige Mensch, der an diesem Tag sein Glas neben Großvaters Glas stellen darf, ist Doktor Swobodziczka. Der Doktor erscheint in dem Wirtshaus am späten Abend, er kommt von jemandem, dem er die Schmerzen linderte (morgen früh vergehen die Schmerzen, in drei Tagen geht das Fieber weg, in vier Tagen kommt das Schwächegefühl, in fünf Tagen komme ich selbst), er kommt von jemandem, dem er die Todesschmerzen oder vielleicht die Leben spendenden Schmerzen linderte, er reicht dem Alten Kubica wortlos die Hand, dann setzt er sich und schaut ihn eindringlich an.

»Du hast alles verloren«, sagt er und es ist weder eine Feststellung noch eine Frage.

Der Alte Kubica schweigt.

»Vermögen ist, was man angeschafft hat. In einem Jahr kriegst du alles zurück, in zwei Jahren hast du noch mehr.«

Der Alte Kubica schweigt, mit geschmeidiger Bewegung greift er nach der Flasche, doch der Doktor legt seine Hand auf das Glas.

»Ich habe plötzlich beschlossen, nicht mehr zu trinken«, sagt er in einem Ton, der nicht um Verzeihung bitten will.

Großvater wendet dem Doktor mit großer Mühe sein verändertes Gesicht zu, die Züge sind verwaschen.

»Wie lange?« fragt er mit fremder Stimme. »Wie lange? Einen Monat? Bis Karfreitag? Ein Jahr?«

»Ich habe plötzlich beschlossen, überhaupt nicht mehr zu trinken«, der Doktor spricht jetzt erleichtert, in seiner Stimme ist jetzt nicht mehr die Spur eines Schuldgefühls. »Heute morgen bin ich aufgewacht und habe beschlossen, nicht mehr zu trinken, aber ich hatte niemanden, dem ich es hätte erzählen können, weil mir sowieso niemand geglaubt hätte. Da aber, wie du genau weißt, Paweł, nur ein Trinker einen Trinker in seiner Epik verstehen kann, habe ich versucht, es meinen Brüdern im Laster zu sagen, aber sie waren schon alle betrunken. Daraus folgt nach meiner Logik, daß einen Trinker, der beschlossen hat, sich auf immer und ewig vom Schnaps loszusagen, nur ein anderer Trinker verstehen kann, der gleichfalls beschlossen hat, sich vom Schnaps loszusagen. Leider habe ich den ganzen Tag in unserem Teil der Welt niemand derartigen getroffen. Auch zu dir, Paweł, komme ich, wie ich sehe, zu spät«, der Doktor hob unmerklich die Hand, die den Schlund des Glases bedeckte. »Schade, schade. Denn ich bin mir sicher, daß das ein einzigartiger oder großartiger Gedanke ist. Nachher fände sich ein dritter Trinker, der sich vom Schnaps lossagen möchte, dann ein vierter, fünfter, hundertster und zehntausendster. Es entstünde eine internationale Armee der Trinker, die sich im Nichttrinken unterstützen. Wenn du heute nicht trinken würdest, Paweł, würden wir als Gründer einer globalen Bewegung in die Geschichte eingehen. So ein Pech …«

»Was für ein Pech?« fragte mit noch fremderer Stimme Großvater Kubica. Nicht alles, was der Doktor gesagt hatte, war zu ihm gedrungen, doch das, was zu ihm gedrungen war, hatte ihn verblüfft.

»Pech für Polen«, sagte der Doktor bitter. »Pech besonders für Polen. Polen hätte das erste Land sein können, aber jetzt wird uns Amerika bestimmt wieder überholen.«

»Amerika«, wiederholte Großvater mechanisch und erinnerte sich an das Amerika, aus dem er vor zehn Jahren zurückgekommen war, und erinnerte sich an die grünäugige Jennifer, die Pfarrerstochter, mit der er zweimal spazierengegangen war. Sie waren durch die noch nicht abgeernteten Maisfelder gegangen, am Horizont sah man den Mississippi groß wie einen Ozean, mein Großvater verstand nicht, was die grünäugige Pfarrerstochter zu ihm sagte, aber er wünschte sich sehr, daß es intensive Gefühle waren, die Jennifer ihm gestand, daß sie ihn überredete, hierzubleiben, daß sie ihm von dem Holzhaus erzählte, von dessen Fenstern aus man den großen Strom des Mississippi sehen konnte.

»Pech für Polen«, wiederholte der Doktor. »Pech fürs Leben, Pech für uns.«

»So oder so, hier oder dort, in Polen oder in Amerika, so oder so werden wir sterben«, sagte mein Großvater und sah, wie die Hand des Doktors nicht nur kapitulierte und den Zugang nicht länger verteidigte, sondern das leere Glas einladend in Richtung der fast vollen Flasche Baczewski-Wodka schob.

Und der Großvater goß dem Doktor ein und beide tranken und beide sagten:

»Prost, Prost!«

Die Waagschale senkte sich wieder, diesmal nicht auf die Seite der bösen Geister, diesmal senkte sich die Schale auf die Seite der Hölle. Mit dem letzten Glas ist das Maß voll und ist das Maß überschritten. Der Alte Kubica spürte, daß der Wodka ihm den Schädel sprengte.

»Amerika, Amerika«, röchelte er, Schaumbläschen erschienen in seinen Mundwinkeln. Er stand jedoch unerwartet leichtfüßig auf und ging mit sicherem Schritt auf den Ausgang zu. Er hatte den Schafspelz vergessen, der den Stuhl umhüllt hielt wie eine vom Sturmwind eingedrückte Schäferhütte. Im weißen Hemd mit dem Stehkragen und einer schwarzen Weste ging mein Großvater durch den Schnee nach Hause. Der Frost machte das Maß voll und der Frost überschritt jedes Maß und der Alte Kubica fing an zu brüllen, er fing fürchterlich an zu brüllen und sein Brüllen war so wie mein Brüllen, als die Mafiosi in Begleitung der zimtgesichtigen Dichterin Alberta Lulajs in meiner Wohnung aufgetaucht waren.

Wann das war? Das war überhaupt nicht. Es gibt keine Literatur, denn es gibt jene Vergangenheit nicht und es gibt jene Geschichten nicht. Es gibt nur die Gegenwart – den späten Januarabend des Jahres 1932 oder 1933. Mein Großvater torkelt und schreit wie ein waidwundes Tier. Sie hören sein Schreien schon von weitem. Sie ergreifen bereits die Flucht, sie laufen schon los. Sie rennen durch den Hausflur, über den dunklen Platz, sie stellen die Leiter an den Einstieg zum Heuboden, sie steigen einer nach dem anderen hinauf, wie eine Abteilung gut trainierter Feuerwehrleute. Als der Alte Kubica auf den Platz torkelt, ist nicht ein Atemzug von ihnen zu hören, auch er verstummt und kommt zu sich.

Er steht an derselben Stelle, an der er am Morgen gestanden hatte, er steht an derselben Stelle, auch wenn man eher nicht zwei Mal an derselben Stelle stehen kann. Der Alte Kubica liest wahrscheinlich, was ich schreibe, denn er spricht, als ob er mir nachspräche:

»Es ist unwahrscheinlich, daß man sein Gesicht zwei Mal in denselben Schnee taucht. Es ist unwahrscheinlich, aber vielleicht, Gott verdammte Teufel auch, vielleicht ist es wahrscheinlich!«

Er steht an derselben Stelle und geht denselben saubergefegten Weg zum Holzschuppen entlang und umfaßt mit derselben Bewegung die Axt. Die hölzerne Tür des Stalls geht auf und fällt wieder ins Schloß und jetzt ist es beängstigend still. Eine Minute, zwei, drei, fünf Minuten beängstigender Stille, dann hört man ganz nahe oder vielleicht auch von ferne einen dumpfen Schlag, vielleicht hat ein Pferd aufgestampft, vielleicht ist eine ferne Fichte am Hang von Ochodzita geborsten. Noch herrscht Stille, noch ein paar Sekunden Stille und dann ertönt der teuflische Paukenschlag, und die Stalltür öffnet sich, Trommelwirbel, jemand versucht auf einer verstimmten Geige zu spielen, jemand schlägt Eisen auf Eisen, hysterisches Gelächter und Wiehern ist zu hören, und der Schrei meines Großvaters ist zu hören, der Schrei des Alten Kubica. Er steht in der Stalltür, Blut fließt ihm über das weiße Hemd und über die schwarze Weste. In der einen Hand hält er eine Fackel, mit der anderen stützt er den abgehackten Kopf der Fuchsstute Fuchs, der mit weit aufgesperrtem Maul auf seinen Schultern liegt. Und er geht, er beschleunigt den Schritt, er geht immer schneller, rennt, stolpert im Lauf, die Spuren des Bluts und des Feuers markieren seine flattrigen Schritte. Danach sieht man nur noch das immer höher den steilen Hang emporsteigende flackernde Mal der Flammen. Der Wald muß brennen, der Schnee muß brennen, die Welt muß brennen! Und im nächsten Augenblick ist das Feuer, das große Feuer über den schneebedeckten Bergen, es ist, als wäre von dem Flügel eines Engels ein Blutstropfen herabgefallen. Es gibt dich nicht, gibt dich nicht – wird dich nicht geben. Auf dem See, auf dem See – weiße Schwäne leben.

23
INTENSIVE GEFÜHLE AM UFER DER UTRATA

Im Zickzack laufen Schauer durch unsere Körper, wir sitzen auf einer Bank aus Stein am Ufer der Utrata, ich sage: »Die Mühle an der Utrata.« Du sagst: »Die Mühle an der Lutynia.« Wir sind ein Paar geradewegs aus einem Hirtengedicht. Es ist schwül, jede Stunde gehen sintflutartige Regenfälle nieder, wir stehen auf und gehen in die Tiefe des immer dunkleren Waldes. Du kommst immer sonntags. Gegen elf warte ich vor dem Eingang zur Klinik, du steigst aus dem Vorortzug und läufst den Bahnsteig entlang. (Sie ist da.) Der sandige Pfad zwischen den Häusern der Geistesgestörten führt an die Utrata. Ich lege Ausgaben der *Gazeta Wyborcza* von der ganzen Woche in dicken Schichten auf die Bank, vor uns ist das ganze Leben, ganze sieben Stunden, man kann nicht das ganze Leben auf nacktem Stein verbringen.

Einer letzten Angewohnheit aus dem vorigen Aufenthalt in der Welt folgend kaufe ich am Stationskiosk die *Gazeta Wyborcza*, lese sie, oder eher: blättere sie ziemlich ungeduldig durch. Was passiert in jener Welt? Nichts passiert. Die Menschen sterben.

In den wilden Gärten treiben sich Tote herum, unmenschlich ist ihre Sprache und unmenschlich sind ihre Bewegungen, den Anschein des Menschseins geben ihnen die weiß-blauen Krankenhauspyjamas. Wir gehen an einem Zaun entlang, von der anderen Seite nähert sich einer der Toten, spasmotisch streckt er die Hände durch das Gitter und ruft:

»How do you do?«

»Okay, I'm fine«, antworte ich automatisch.

Sein Gesicht leuchtet auf, das Leichengesicht eines Menschen, der an seinen Schmerzen verreckt ist, verwandelt sich in die lebhafte und intelligente Physiognomie eines emeritierten Professors der Physik oder Genetik.

»Ach, sagen Sie mir doch bitte«, sagt der wiederauferstandene Tote mit klarer, leichter Stimme, »was gibt es Neues in Polen? Was tut sich in der Welt? Was gibt es für Neuigkeiten?«

»Nichts Besonderes«, antworte ich mit einer für meine Situation natürlichen Betretenheit. »Ich weiß nicht viel, nur was in den Zeitungen steht.« Ich zeige ihm den Stapel *Wyborcza*. »Was gibt es für Neuigkeiten? Ich habe keine Ahnung, was Sie besonders interessiert … Frankreich hat die Weltmeisterschaft gewonnen, ein großes Passagierflugzeug ist abgestürzt, Wałęsa hat keine Chancen …«

»How do you do!!!« schreit jener mit unmenschlicher Stimme, sein Gesicht wird wieder alt und verwandelt sich in eine Totenmaske, in der sich furchtbare Qualen spiegeln. Du drückst mir ganz fest die Hand, wir beschleunigen unsere Schritte, von hinten hören wir noch die helle, leichte Stimme:

»Ach, sagen Sie mir doch bitte, was gibt es Neues in Polen? Was tut sich in der Welt?«

Wir sind allein, vollkommen allein, also kann man sagen: der Sommer des Lebens dauert an, er dauert nur eine Saison lang, während der sich die geheimsten Wünsche erfüllen. Wir gehen in die Tiefe des dunklen Waldes, Schizophrene und Selbstmörder begegnen uns, der Pfad endet, der Himmel verdunkelt sich, nasses Gestrüpp umfängt uns bis zu den Hüften, wir umarmen uns, wie sich auf Erden niemand jemals umarmt hat. Herr Gott, ich lerne bei ihr, was Freiheit ist, mein Herz lernt zu schlagen, ich atme, ich bin, denn sie ist. Was ist das schon für ein Problem: ein ins nasse Gras geworfenes Jackett? Was ist das für ein Problem: verknitterte und feuchte Hosen? Was ist das für ein Problem:

barfuß gehen und barfuß in den Vorortzug einsteigen? Komm, komm, ja, jetzt. Auf deine Haut fällt der Schatten eines Blatts und ein Regentropfen. Ich habe keine Angst mehr. Jemand in mir hat keine Angst mehr. Er fürchtet sich nicht mehr. Er fürchtet nicht, daß hier, wo wir uns besinnungslos umarmen, plötzlich ein unberechenbar verwirrter Toter auftaucht oder uns eine Schwadron von Therapeutissen aufspürt. Ich fürchte mich nicht vor der nächsten Woche, weil ich weiß, daß ich in einer Woche sehen werde, wie sie den Bahnsteig entlangläuft, ich fürchte mich nicht vor dem künftigen Leben, weil ich weiß, daß sie bis an mein Lebensende dasein wird. Ich fürchte mich nicht vor dem Alptraum, durch den mein Großvater Kubica läuft, den abgeschlagenen Pferdeschädel auf den Schultern, in blutigen Kleidern trägt er eine brennende Fackel, mit der er die erfrorenen Wälder von Ochodzita entzünden will. Ich höre noch die Sprache des Feuers, aber ich spüre keine Angst mehr. Jemand in mir fürchtet sich nicht mehr vor den grünlichen Ozeanen des Büffelgraswodkas, den braunen Seen des Kräuterwodkas, er fürchtet sich nicht mehr vor den durchsichtigen Flüssen aus reinem Spiritus – er hat das Ufer erreicht.

Ich fürchte mich nicht vor den ungeschriebenen Büchern, ich fürchte mich nicht, am frühen Morgen auf der Station im Studierzimmer die letzten Sätze des Romanpoems zu schreiben, aus denen unumstößlich folgt, daß den Erzähler die Liebe gerettet hat. Ich habe eine derart glückliche Wende der Geschichte nicht geplant.

»Ich liebe dich, aber das habe ich nicht geplant«, sagtest du und hobst den Blick über die Utrata und noch höher über den Wald und die flimmernde Luft über Okęcie hinaus.

»Und was hast du geplant?«

»Ich wollte deine von allen ständig gelobten Fähigkeiten testen.«

»Und nach dem Test?«

»Nach dem Test wollte ich dir den Laufpaß geben.«

»Du sprichst wie ich.«

»Nein, du sprichst wie ich.«

»Wer spricht jetzt also: du oder ich?«

»Wir, wir sprechen. Ich hätte nicht gedacht, daß die Mehrzahl erregend sein kann.«

»Ich habe diese Liebe auch nicht geplant, ehrlich gesagt, wollte ich ... Ach, es ist ja egal, was ich wollte.«

»Du sprichst nicht nur wie ich, du willst auch dasselbe.«

»Jetzt habe ich ernste Absichten, aber vorher hatte ich Angst, habe mich gefürchtet.«

»Wovor hast du dich gefürchtet?«

»Ich vermutete, im Grunde genommen war ich mir sicher, daß du dich in mich verlieben würdest und ich mich wieder dem mühevollen und unangenehmen Ritual des Abwimmelns würde widmen müssen.«

»Ich war es, die sich sicher war, daß du dich verliebst und ich wieder die rituellen Schwierigkeiten haben würde.«

»Ich habe dich gewarnt, paß auf, ich habe schon bei unserem ersten Gespräch gesagt, paß auf, du wirst damit nicht fertig. Ich hielt dich für ein leichtfüßiges Gör.«

»Ich hielt dich für einen leichtfertigen Verführer. Ehrlich gesagt, hielt ich dich für einen herzlosen Hurensohn. Und in dem schwachen, das gebe ich zu, in dem schwachen Gefühl weiblicher Solidarität wollte ich dich vielleicht sogar bestrafen. In jedem Falle hatte ich nichts dagegen, daß du leiden mußt, auch wenn ich wußte, daß du nicht lange leiden würdest, ich war mir sicher, daß du nur kurz leiden würdest und schnell Trost in anderen Armen fändest. Aber du wirst jetzt nie mehr in anderen Armen sein. Wenn du das tust, versetzt du uns beiden den Todesstoß.«

»Ich werde dich nie verraten. Ich werde dich nie belügen. Früher hätte ich gesagt, daß aus meiner Sicht dies absolut selbstmörderische Sätze sind, noch vor einem

Jahr hätte ich das gesagt, aber ich habe die Sprache aus jener Zeit vergessen. Ich habe meine Sprache verloren, aber vielleicht habe ich mich auch aus der Beengung meiner Sprache befreit, vielleicht ist meine Sprache nun von den erhabenen Höhen herabgestiegen.«

Noch vor einem Monat hatte ich die Absicht, in diesem Kapitel das private Netz meiner persönlichen Ausnüchterungszellen zu beschreiben, die von meinen jeweils nächsten oder gleichzeitigen Verlobten unterhalten wurden; ich hatte mir sogar schon ihre bombastischen Namen ausgedacht: Bacha die Maklerin, Joacha der Schrecken von Tworki, das falsche Filmsternchen, die uruguayische Fußballspielerin, Katastrophen-Asia – ich hatte diese Namen auf Karteikärtchen geschrieben, aber an einem nicht allzu lange zurückliegenden Morgen (über der Delirantenstation hingen schwere Wolken) wurde ich Augenzeuge, wie in einem riesigen Brand alle meine Karteikärtchen, Hefte, Notizbücher und Namen verbrannten. Die Vorlagen meiner Gestalten verwandelten sich in Asche, nichts blieb von ihnen übrig, weil in ihnen entweder nichts war, oder weil sie gar zu leicht entzündlich waren, was auf das gleiche hinausläuft. Alle meine erlesenen Hefte, liniiert und ohne Rand, gingen in Flammen auf, das Archiv der Ideen, die ich im Kopf hatte, verbrannte, die Literatur war am Ende. Ich hörte auf, ein Traktat über das Laster zu schreiben, oder vielmehr: Ich verlor die Lust, über das Laster zu schreiben, ich konnte nur noch an dich denken. Mein Kopf und mein Herz waren von einem intensiven Gefühl beseelt, ich wußte nicht, daß es so etwas gibt. Wenn die Liebe alles ist, was existiert, wie soll ich dann unsere Überexistenz nennen?

Noch vor ein paar Tagen wollte ich eine Abschiedsrede schreiben, die ich vor meinem Abgang von der Delirantenstation halten wollte: »Liebe Kollegen Deliranten! Sehr geehrter Herr Doktor Granada! Viola, Schwester aller Schwestern! Hochverehrter Herr Therapeut mit den zwei Namen! Und Ihr, innerlich zur Ruhe gekommenen und verführerischen Therapeutissen! Morgen werde ich diese Mauern verlassen, die einst von russischen oder österreichischen Bauleuten errichtet wurden. Leichten Herzens gehe ich von hier fort. Ich spreche von russischen oder österreichischen Mauern, denn in meinem befreiten Hirn herrscht ein gewisses Durcheinander. Krakau legt sich mir über Warschau, Kobierzyn über Tworki, die Weichsel mischt sich mit der Utrata, Iwaszkiewicz mit Gombrowicz, der ozeanische Rauch aus den Hochöfen der Sendzimirz-Hütte (ehemals Lenin-Hütte) verbindet sich mit dem den Pyjamas der Geistesgestörten entsteigenden Geruch. Außer einer Sache, von der ich nicht sprechen werde, gibt es in meinem Geist keine Gewißheit, doch von einer Sache, aber nicht von der, über die ich hier nicht sprechen will, sondern von einer völlig anderen Sache, wollte ich euch etwas erzählen. Also, unabhängig davon, welche Miene ich mache, unabhängig davon, wie hochmütig ich lache, unabhängig davon, welche Sentenzen ich in meine vom Feuer des Herzens verzehrten Notizen geschrieben habe: Ich verehre euch hochverehrte Vorbilder, ich verehre euch mit meiner allerehrlichsten Verehrung als Autor, ihr existiert bereits, aber in dem herzlichen Eifer meiner Erzählung existiert ihr noch mehr. Seid gegrüßt, Schatten meiner Gestalten, immer und ewig werde ich atemberaubende Geschichten über euch erzählen …«

Noch gestern wollte ich eine Abschiedsrede schreiben, doch heute früh verlor ich die Fähigkeit, kunstvolle Reden zu schmieden. Ich verlor diese Fähigkeit und dachte mit großer Erleichterung, daß ich jetzt beschreiben will, wie ich die nicht mehr aktuellen Ausgaben der *Gazeta Wyborcza* auf der Bank aus Stein am Ufer der Utrata ausgebreitet habe: die in den Morgenstunden leeren Gärten, in die schon wenige Stunden später die Toten treten, und deine schwarze Bluse im hohen, nassen Gras.

Am Sonntag stehe ich gegen elf Uhr am Eingangstor zum Krankenhaus, in der weiten Tasche meines teuren Trainingsanzugs liegt sicher aufbewahrt und zusammengerollt das nächste Kapitel, im Grunde genommen kann ich hier schreiben, im Grunde genommen kann ich es nicht.

»Auf welche Weise beeinflußt dein Schreiben über das Trinken dein Trinken?« fragte mich während einer der ersten Sitzungen die Therapeutisse Kasia.

»Auf keine Weise, denn wenn ich trinke, schreibe ich nicht, und wenn ich schreibe, trinke ich nicht. Das sind zwei verschiedene Sachen.«

»Nein, das sind nicht zwei verschiedene Sachen. Tu nicht so, als ob du nicht verstündest.«

»Ich verstehe die Frage und gebe darauf eine Antwort. Der Autor ist nicht der Erzähler und der Erzähler ist nicht der Autor, so lehren sie es auf den höchsten Stufen polonistischer Weihen und sie haben Recht. Wenn ich eine Gestalt konstruiere, und selbst wenn es eine Gestalt ist, die mir nachempfunden ist, und selbst wenn sie so trinkt wie ich trinke, und selbst wenn sie sogar den Namen Juruś trägt, so bin das bei Gott trotzdem nicht ich.«

»Das stimmt nicht. Der Erzähler bist immer du, er entspringt deinen Gedanken, er entsteht in deinem Kopf.«

Ich wollte sagen, daß nicht alles, was in meinem Kopf entsteht, mit mir zusammenhängt, ich wollte noch einmal (wahrscheinlich führe ich es zum tausendsten Mal an) den Satz von Franz Kafka anführen: »Ich habe kaum etwas mit mir gemeinsam«, ich wollte mich einfach vor dem im Kopf dieser sympathischen, bebrillten Therapeutisse sich herausbildenden Verbot eines eigenen Schaffens wehren, doch ich gab auf. Ein Verbot gebiert, wie allgemein bekannt, Konspiration. Konspiration kann manchmal sehr schöpferisch sein.

»Angeblich schreibst du hier ein Buch über das Trinken«, Kasia verlängerte unnötigerweise den Weg zur unausweichlichen Schlußfolgerung.

»Seit einiger Zeit schreibe ich über die Liebe.«

»In jedem Falle schreib vorläufig nicht über das Trinken. Heb dir das für später auf. Denn später, Juruś, wirst du darüber nicht schreiben wollen. Später wirst du, wer weiß, vielleicht überhaupt nicht schreiben wollen. Im Leben kann man doch nicht einfach nur Schriftsteller sein, man muß auch Kollege sein, Freund, Mitarbeiter, Vater, Geliebter, Urlauber, Gott weiß was.«

»Gott weiß es«, sagte ich und verstummte wieder und ich schwieg weiter, denn was hätte ich denn sagen können? Hätte ich vielleicht die eines Graphomanen würdige Antwort geben sollen, daß ich nicht mehr leben möchte, wenn ich nicht mehr weiß, was ich schreiben soll? Ich schwieg also eine gute Weile, dann überwand ich mich jedoch, unterbrach mein Schweigen und sagte:

»Wenn ich schreibe, trinke ich nicht, wenn ich täglich schriebe, würde ich nicht täglich trinken. Nur darum und um nichts mehr geht es doch, das ist der Zweck der Therapie, und darüber läßt sich, wie der Zuckerkönig sagen würde, nicht streiten.«

»Hör zu, Juruś, du gehörst zur Kategorie der schwierigen Patienten. Ein schwieriger Patient ist ein Patient, der auf einem Gebiet über hochgradige Fähigkeiten verfügt, und wenn er hier ist, kann er sich nicht nur von diesen Fähigkeiten nicht lossagen, sondern er benutzt sie noch, um seine Deliranz zu verteidigen. Ich hatte hier einen Deliranten, der im Zivilberuf Rechtsanwalt war, der hielt zur Verteidigung seiner Deliranz eine so überzeugende, so gut argumentierte und letztlich auch schöne Verteidigungsrede, daß er mich fast überzeugt hätte. Ich vergoß Tränen vor Begeisterung über seine Rede, und es kostete mich einige Mühe, mir immer wieder zu wiederholen, daß dieser Mensch schwarz auf weiß alle Bedingungen erfüllte, daß es keinen Grund gab, sich einreden zu lassen, er sei unschuldig, denn er hatte mindestens sechs der wichtigsten Symptome der Deliranz. Ein anderer Delirant wieder, der hier vor ein paar Jahren war, im Zivilberuf ein Urologe, beschäftigte sich geradezu manisch mit den anderen Deliranten und heilte ihre urologischen Leiden oder half im schlimmsten Fall mit urologischem Rat, anstatt sich darauf zu konzentrieren, sich selbst von der Deliranz zu heilen.«

Ich hatte große Lust, von oben herab und ohne Rücksicht auf die Wahrheit zu sagen, daß urologische Ratschläge und Literatur zwei paar Stiefel sind, doch ich mäßigte mich – man darf weder in frommen polemischen Absichten, noch zum Schutz seines Handwerks, ja nicht einmal zur Selbstverteidigung die Unwahrheit sagen; urologische Ratschläge können große Literatur sein.

Außerdem hatte Kasia bis zu einem gewissen Grad recht: Ich wollte bereits nicht mehr nur Schriftsteller sein, ich wollte jetzt nur noch ich selbst sein. Da mir jedoch niemand, weder Kasia noch der Therapeut Moses alias Ich, der Alkohol, weder Doktor Granada noch der Herrgott selbst, geraten hat, mich zwischen dir und der Literatur zu entscheiden, schreibe ich weiter, auch wenn ich das jetzt im geheimen tue. Wenn der Herrgott allerdings durch den Mund der Therapeutisse Kasia sprechen sollte und wenn Er mir raten sollte, zwischen der Deliranz und der Literatur zu wählen, der

Heilung der Deliranz und dem Schreiben eines Buches, dann beuge ich mich in Demut, aber sage: »Herr Gott, du hast für deine Worte eine gar zu zerbrechliche Botschafterin gewählt, zu zerbrechlich für einen so hartgesottenen Säufer wie mich.«

Die Therapeutisse schaute mich eindringlich an, aber ich hielt ihrem Blick stand und je mehr Zeit verging, desto deutlicher war zu sehen, wie sie lockerer wurde, während ich lockerer wurde, ohne daß es zu sehen war (es hätte umgekehrt sein müssen). Ich hob den Kopf, sie senkte den Kopf und sagte mit verhaltener Stimme:

»Sowieso wird niemand, weder ich noch irgend jemand sonst deine Manuskripte kontrollieren.«

Was das anging, so war ich beruhigt. Wenn eine Schwadron von Therapeutissen eine Schrankdurchsuchung bei einem Deliranten veranstaltete, wurde das ausnahmslos gemacht, um Spiritus in einer Zahnpastatube zu finden, Kräuterwodka in einer Flasche für Haarwaschmittel, Relanin unter der Sohle. Antideliröse Bücher und Broschüren, Fragebögen, Aufsätze, Bekennerschreiben und Tagebücher der Gefühle flogen durch die Luft, vergilbte und von jedem Tropfen Alkohol gründlichst gereinigte Manuskripte von Deliranten interessierten niemanden. Doch allein schon die Tatsache, daß jemand überhaupt etwas über das Kontrollieren oder Nichtkontrollieren meiner Papiere zu sagen wagte, weckte in mir automatisch den allergrößten Ekel und ich beschloß, im geheimen zu schreiben.

Als mir aber im Verlauf eines Gruppengesprächs zum Thema »Wie erkläre und rechtfertige ich mein Trinken?«, als mir also im Verlauf dieses Gruppengesprächs eine der Therapeutissen (dabei ist unwichtig, welche) mein Notizheft entriß und ihren Blick in meine Schreibe bohrte, da beschloß ich, für alle Fälle gänzlich in den Untergrund zu gehen. Ich verstärkte die hinderliche Diskretion, bis sie die Form einer künstlerischen Konspiration annahm.

Ich stehe um vier Uhr früh auf, über den Gärten der Geistesgestörten steigen Nebel auf, still und leise stehle ich mich in das Studierzimmer, und still und leise schreibe ich. Am Sonntag warte ich mit dem fertigen Manuskript unter dem Hemd vor dem Tor zur Klinik. Gegen elf kommst du den Bahnsteig hinuntergerannt, wir gehen unseren Weg entlang und setzen uns an der Utrata auf unsere Bank aus Stein. Am späten Nachmittag schmuggelst du das nächste Kapitel durch das von Wächtern besetzte Tor. Du steigst in die Warschauer Vorortbahn, fährst bis zum Zentralbahnhof, dort steigst du in den InterCity, da bist du schon sicher. (Vor Jahren, oder vielleicht vor ein paar Monaten, hatte ich fast richtig geraten: Du warst dreihundert Kilometer von hier.) Jetzt ist schon Abend, Dunkelheit umfängt den Delirantenpavillon. Ich sitze auf meinem Bett im Fünferzimmer und lese deine Briefe. Du sitzt im Zugabteil und wärst du nicht sehr nahe, würde ich sentimental sagen: Du entfernst dich immer mehr. Aber nein: Sie ist hier. Sie sitzt am Fenster, schaut auf die flach und endlos weit vorbeiziehende Landschaft, auf den Knien (die grünen Sommerhosen sind schon fast wieder trocken) das billige, karierte Papier und flüssig liest sie die krakelige Schrift: »Schauer laufen im Zickzack durch unsere Körper, wir sitzen auf einer Bank aus Stein am Ufer der Utrata, ich sage: ›Die Mühle an der Utrata‹. Du sagst: ›Die Mühle an der Lutynia‹ …«

24

SIMONS UNBESCHRIEBENE FLUCHT

Es ist Nacht geworden auf der Delirantenstation, die geschlagene Armee liegt in Reih und Glied, nur eine Glühbirne erleuchtet den Flur, alle schlafen. (Doch einer von ihnen schläft nicht, er sieht die Freiheit hinter dem Nebel.) Simon die Güte Selbst erwacht aus einem flachen, wachsamen Dämmerschlaf, steht auf, holt unter seinem Bett einen Seesack hervor und packt lautlos, um seinen schlafenden Zimmergenossen nicht zu wekken, seine Sachen. Simon die Güte Selbst mag seinen schlafenden Zimmergenossen nicht, er kämpft mit diesem Gefühl und redet sich unaufhörlich ein: liebe deinen Feind; unaufhörlich ruft er sich die zwölf Schritte der Anonymen Alkoholiker ins Gedächtnis, doch ständig ist Feindseligkeit in seinem Herzen. Der schlafende Zimmergenosse schnarcht und Simon kann nachts nicht schlafen. Der schlafende Zimmergenosse hat von Simon zehn Złoty geliehen und Simon weiß, daß er dieses Geld nie mehr wiedersehen wird, obwohl gerade jetzt, wo er beschlossen hat zu fliehen, jeder Groschen Goldes wert ist. Der schlafende Zimmergenosse benutzt oft Simons Feuerzeug und Kugelschreiber ohne zu fragen und Simon fühlt sich nicht stark genug, ihm deshalb Vorhaltungen zu machen. Dafür weist er Simon ungeniert zurecht, doch den Schrank zuzumachen und das Zimmer gründlicher zu fegen, wenn Simon an der Reihe war. Dann ist Feindseligkeit nicht nur in Simons Herzen, dann wird Simon zur Feindseligkeit in Person.

»Was ist Feindseligkeit?« fragte bei einem der Vorträge der Therapeut Moses alias Ich, der Alkohol. »Was ist Feindseligkeit?« wiederholte er. Und als das Schweigen in dem Amphitheatersaal unerträglich wurde, verkündete er und diktierte den apathischen Deliranten die Definition von Feindseligkeit. »Feindseligkeit, das ist ...«, schrieb die halbtote Armee versöhnlich und müde, »Feindseligkeit, das ist eine Wut ...«, schrieb Simon die Güte Selbst zusammen mit den anderen, »Feindseligkeit, das ist eine gegen jemanden oder gegen etwas gerichtete Wut.« Simon las den in ein gewöhnliches Quartheft geschriebenen Satz, seine Gedanken hellten sich auf und er empfand Unruhe. Nach Simons Meinung, wenn er denn seine Meinung zu formulieren vermocht hätte, führte ein Übermaß an Geistesklarheit zu Nervosität. Etwas zur Gänze zu wissen, heißt, keinerlei Wissensreserven zum jeweiligen Thema mehr zu haben; wenn ein Mensch aber keinerlei Reserven mehr hat, fühlt er sich blöde. Der Mensch fühlt sich dann so, als wären ihm die Zigaretten ausgegangen. Nicht »der Mensch«, sondern ich, Simon, nicht »man«, sondern ich, Juruś. Und nicht »er fühlt«, sondern »er trinkt« …

Sollte die Therapeutösen-Möse Kasia am Ende recht haben? Sollte ich tatsächlich die Lust verloren haben, über das Trinken zu schreiben? Oder vielleicht habe ich die Lust zu schreiben verloren, weil ich die Lust zu trinken verloren habe? Ich schrieb und lieferte mir mit meinem Schreiben über das Trinken ein Wettrennen mit meiner Entwöhnung vom Trinken und ich verlor, oder vielleicht gewann ich das Rennen? Oder vielleicht passierte mir dasselbe wie Marcel Proust? *Pourquoi pas? Why not? Warum nicht?* Bei Marcel Proust wird – so habe ich es vor achtundzwanzig Jahren bei Jan Błoński gelernt und behalten – die verlorene Zeit des Helden durch die Zeit des Erzählers wiedergewonnen. Bei mir ist es fast genauso: Ich, der Erzähler Juruś, gewinne nicht nur die von dem Helden, dem Trinker, verlorene Zeit wieder, sondern finde auch das, was er von seinem ersten Satz an vergeblich gesucht hat. Ich gewinne dabei auch die vergeudete und versoffene Zeit der anderen Figuren wieder. Zwischen mir und meinen Figuren sind die Unterschiede manchmal sehr klein. (Es gibt hier keinerlei Widerspruch zu einer anderen Stelle des Poems.) Zwischen mir und mir gibt es auch nur ganz feine Unterschiede, vielleicht ist es dadurch sogar andersherum, vielleicht ist der Trinker der Erzähler, und Juruś sucht vergeblich die Liebe vor dem Tod, und im Endeffekt kann einer dem anderen helfen.

Also nicht Don Juan Ziobro, sondern Ich, Don Juan Ziobro. Nicht Doktor Granada, sondern Ich, Doktor Granada. Nicht Schwester Viola, sondern Ich, Schwester Viola. *Und so weiter.*

Ich kann keine Fremdsprachen, doch die Therapeutissen wirken so intensiv auf mich, daß ich manchmal das Gefühl habe: Gleich werde ich in fremden Zungen reden. Mein in der Kindheit eingeschläfertes Deutsch erwacht zu neuem Leben, mein Schulrussisch wird perfekt in Wort und Schrift, mein nie ordentlich gelerntes Englisch wird *very fluently.* Auf der Delirantenstation passieren noch ganz andere Sachen als die plötzliche Beherrschung von Fremdsprachen.

Simon die Güte Selbst schaut sich die Gesichter der im Amphitheatersaal versammelten Waffenbrüder an und sieht, wie nach einer Woche, nach drei Wochen, nach einem Monat die Gesichter edler werden und abschwellen, die Nasen blasser, die Augen wieder zu strahlen beginnen. Der Held der Sozialistischen Arbeit war auf einmal kaum wiederzuerkennen. Noch vor nicht allzu langer Zeit hatte er eine aufgedunsene Rübe, die wie eine Leuchtreklame glänzte, graues Zottelhaar, jämmerlich anzusehende Kleider und zitternde Hände. Wie aber sah er jetzt aus? Ein männliches, braungebranntes, schmales Gesicht, volles graues Haar, ein elegantes, rot-schwarz-kariertes Flanellhemd, die Hände greifen mit eisernem und präzisem Griff nach der Tasse Malzkaffee. Der Held der Sozialistischen Arbeit sieht jetzt aus wie Clint Eastwoods älterer Bruder.

Deliranten erlangen das Gehör, die Sprache und die Sehkraft wieder. Der Meistgesuchte Terrorist der Welt *for example*. Ich weiß nicht, ob ich es erwähnt habe: Eine zusätzliche Schwierigkeit bei der Niederschrift der chaotischen Erzählungen des Terroristen war die Tatsache, daß er in einem unverständlichen und heiseren Flüsterton sprach. Die berühmte Stimme Jan Himilsbachs im Endstadium, die Stimmbänder bereits Asche. Und jetzt? Nach ein paar Wochen? Jetzt spricht der Meistgesuchte Terrorist der Welt nicht nur so, daß man ihn versteht, jetzt spricht der Meistgesuchte Terrorist der Welt so, daß es eine erstrangige Aufgabe ist, seine

Rede zu verewigen. Er hält mich auf dem Flur an und flüstert mir vertraulich zu:

»Mach dir keine Sorgen, Juruś, mach dir keine Sorgen, sie finden noch ein Heilmittel gegen unsere Krankheit. Für den Schwanz haben sie eins gefunden.«

»Wenn die Absolventen dieser Hochschule nach nur ein paar Wochen imstande sind, von sprachloser Blödheit zu klaren Formulierungen derart trefflicher Aussagen zu gelangen, dann bin ich bereit«, flüsterte Christoph Kolumbus der Entdecker begeistert zu sich selbst, »dann bin ich bereit, in der Rubrik *Bildung* zwei abgeschlossene Fakultäten einzutragen: die philosophische und die deliröse.«

Oder der Zuckerkönig. Ich schreibe wenig über ihn, weil er mir nicht besonders sympathisch ist. Aber auch er hat einen rührenden Zug: Er ist nämlich empfindsam gegenüber der Schönheit der Natur und dem Schicksal herrenloser Tiere. Die ganze Delirantenarmee ist fast ausnahmslos empfindsam gegenüber der Schönheit der Natur und dem Schicksal herrenloser Tiere. In der Abenddämmerung sieht man auf den Feldern umherirrende Schatten – Deliranten beim Blumenpflücken. Ihre von der Polyneuropathie gelähmten Beine führen sie auf die dampfenden Wiesen zwischen den Häusern der Geistesgestörten. Üppige Sträuße stehen auf den

Nachttischchen, der Geruch von Kornblumen, Kamille und Mimosen erfüllt die Station wie Tränengas. Erstickt vom Schluchzen und vom Blumenduft schlafen sie ein. In den Häusern der Geistesgestörten glimmen die ganze Nacht orangefarbene Lichter, vor den Mauern ist das Katzengeplärr zu hören. Den unzähligen Katzen geht es gut in der Heilanstalt für Paranoiker. Man kann nicht durch die vergitterten oder unvergitterten Fenster sehen, ohne die von Pavillon zu Pavillon, von der Vollzugsstation zur Neurologie eilenden Katzenhorden zu sehen. Hier gibt es mehr Katzen als Deliranten, Schizophrene und Selbstmörder zusammen. Und in der Tiefe der harten Seele des Zuckerkönigs ist eine große Liebe zu den Katzen. Der Zuckerkönig packt jeden Abend die kläglichen Reste des Klinikfraßes in einen Fetzen der *Gazeta Wyborcza* und macht sich verstohlen auf den Weg zur Tagesstation. Von der anderen Seite, hinter der Ziegelwand hervor, kommt die fast gänzlich schwarze Katze Pfäfflein, sie ist fast vollkommen schwarz, nur unter dem Hals hat sie einen weißlichen Streifen, tatsächlich wie ein Pfäffchen. Auf die Frage, ob der Zuckerkönig und Pfäfflein einander in herzlicher Intimität verbunden sind, gibt es keine klare Antwort, und sie ist deshalb nicht klar, weil sie dem Zuckerkönig zuliebe nicht negativ sein will.

Pfäfflein aß die Reste der eiskalten Saitenwürstchen oder der gemeinen Wurst, ohne Begeisterung beschnüffelte sie ein nicht gargekochtes Stück von einem Hähnchen und ließ es wie aus Versehen zu, daß der Zuckerkönig sie für einen Moment in die Arme nahm. Hinter den trüben Fensterscheiben schauten die gleichsam toten, in ihren Bewegungen erstarrten Patienten der Neurologie auf den massigen Mann im smaragdfarbenen Trainingsanzug, der das Tier streichelte und liebkoste, sein Gesicht an den schwarzen Pelz drückte und weinte. Seine Tränen flossen über das pechschwarze Fell. Der Zuckerkönig dachte an traurige Dinge, an sein vertanes Leben, an vergeudete Freuden und verlorene Frauen. Wann hatte der Zuckerkönig das letzte Mal eine Katze in seinen Händen gehalten? Während der Besatzungszeit? Während der Stalinzeit? Nachher wahrscheinlich nicht mehr.

Die rituelle Szene des Fütterns und Weinens wiederholt sich jeden Abend. Seit ein paar Tagen allerdings wiederholt sie sich nicht mehr. Pfäfflein ist verschwunden, die Katze kommt nicht mehr zur festgesetzten Stunde hinter der Ziegelmauer hervor. Der Zuckerkönig hat das ganze Terrain abgesucht, alle Pavillons, durch den dunklen Wald ist er bis zur Utrata gegangen. Von Pfäfflein keine Spur und kein Miau.

Wir haben nicht den Mut, uns umstandslos über die kindliche Verzweiflung des Zuckerkönigs lustig zu machen, doch wir bedenken ihn mit pharisäerhaft-verständnisinnigen Blicken, er streift uns mit Pupillen, die so tot sind wie die Steine der Utrata und schreit:

»Katzen! Katzen! Was wird ein Kater einen Menschen anschauen, wo er links und rechts seine Fotzen hat! Eine Katze schmeißt ein Pferd nicht um, und darüber läßt sich nicht streiten.«

Ich bin kein Fan des Zuckerkönigs, aber ich gebe zu: Der Unterschied zwischen mir und ihm ist nicht groß. Der Unterschied zwischen mir und Simon der Güte Selbst ist grundlegend. Simon haut ab.

Im Hinblick auf das weitere Trinken von Kräuterwodka ist Simons Gedankengang unschlagbar. Hätte Simon die Fakultät der Deliranten absolviert, hätte er eifrig alle Vorträge und Seminare besucht, hätte er gewissenhaft ein Tagebuch der Gefühle geführt, alle Bekenntnisse und Hausaufsätze niedergeschrieben, hätte er durchgehalten, es wäre für ihn viel schwieriger gewesen zu trinken als nach der Flucht. Nach der Flucht aus der Fakultät der Deliranten ist es nicht nur leichter zu trinken, nach der Flucht ist das Trinken eine höhere Notwendigkeit – und was ist letztlich der Grund zur Flucht? Höhere Notwendigkeit.

Irgendwie gehört es sich nicht, die Fakultät der Deliranten zu absolvieren und weiterzutrinken. Was werden die Leute sagen? Da war so einer, werden sie sagen, der hat die Fakultät der Deliranten absolviert, und jetzt trinkt er wieder, der ist doch schon tot. Menschen, wie das nun mal ist, haben mich schon ein paar Mal als stinkenden Leichnam gesehen und ich, der Leichnam, habe überlebt, und sie haben überlebt. Menschen sind nun mal Menschen, aber was würden die Gespenster sagen, die ich seit Jahren durch das Trinken immer neuer Flaschen von Kräuterwodka gerufen habe? Was würden sie sagen, während sie sich in engem Kreis um mich scharen? Was würde der grünbeflügelte Engel in der Gestalt des Ringers sagen? Was würde mein Großvater, der Alte Kubica sagen? Was würde der würzig nach Eau de Cologne duftende und angebliche Kamerad aus der Sonntagsschule sagen?

Ich spürte, wie mich kalte und heiße Wellen durchliefen, ich lehnte die Stirn gegen die frostbereifte Fensterscheibe und sah, wie unter der mit Schweinsborsten bewachsenen Haut die verkrebsten Eingeweide pulsierten.

»Pack dich, hau ab, hau ab, so schnell es geht«, die Stimme klang der von Cieślar Jósef zum Verwechseln ähnlich, derselbe freundschaftliche Ton eines Hausarztes, die Färbung ein wenig anders, piepsiger, aber freundlich. Ich hörte ihm zu und fühlte die Kälte nicht.

»Pack dich, hau ab, du kannst doch jederzeit fahren, wohin das Auge reicht.«

»Ich bleibe. Simon die Güte Selbst flieht.«

»Gut, ausgezeichnet«, ich glaube, er kicherte spasmotisch. »Ich bleibe, er geht. Mit Verlaub, aber du redest wie ein Mitglied des Politbüros: ›Genosse, unsere Sache hat verloren. Ihr geht, ich bleibe.‹«

»Kein Wort über das untergegangene System. Am liebsten würde ich sowohl auf das alte System kotzen, als auch auf alle Überlegungen zum alten System.«

»Kein Wort über das alte System ... Gut, ja, sogar noch besser. Kein Wort über das alte System, denn du kannst einfach nichts Sinnvolles über das alte System sagen. Du kriegst nicht mehr hin, als diesen mißratenen Witz, wonach die *Solidarność* dir irgendeine Schickse in einem gelben Kleid weggenommen haben soll.«

»Sehr richtig, die *Solidarność* hat mir eine, wie du es nennst, Schickse in einem gelben Kleid weggenommen, wofür ich dieser Gewerkschaft im übrigen jetzt zutiefst dankbar bin.«

»Die Sache ist uns bekannt. Euphemistisch gesagt: Zur Zeit hat eine schwarze Bluse den Platz des gelben Kleides eingenommen ... Hab ich recht?«

»Das geht dich einen Scheißdreck an.«

»Das gelbe Kleid und andere unzüchtige Kleidungsstücke gehen mich in der Tat soviel wie gar nichts an. Aber die schwarze Bluse geht mich etwas an, die schwarze Bluse geht mich sogar sehr viel an, die schwarze Bluse geht mich fast genauso viel an, wie dich die Gewerkschaft *Solidarność* – ich empfinde Dankbarkeit für sie.«

»Du? Für sie? Du verspürst Dankbarkeit für sie? Weshalb, wenn ich fragen darf?«

»Dafür, daß du nüchtern geworden bist. Du bist doch ihr zuliebe ausgenüchtert ... Und wenn nicht für sie, so ist ihr Verdienst dabei doch erstrangig. Du bist herrlich, definitiv und in phantastischem Stil ausgenüchtert. Du bist so ausgenüchtert, als hätte Luis Figo den Ball geführt. Du bist absolut nüchtern und jetzt kann man endlich, endlich mit dir verhandeln.«

»Was kann man denn mit mir verhandeln?«

»Was heißt hier, was? Ob du weitertrinkst natürlich. Ob du weitertrinkst, das ist zum jetzigen Zeitpunkt jede schwarze Mühe wert.«

»Ich fürchte, daß es bei mir reine Zeitverschwendung ist. Ich bin mir bewußt, daß es, wenn nicht unangebracht, dann verbrecherisch ist, meine Waffenbrüder eurer Aufmerksamkeit zu empfehlen, doch hier vor Ort findet ihr mehrere – wie Doktor Granada sagen würde –

Heroen, die bereit sind, sich zu weiteren Phantomflügen aufzuschwingen.«

»Wen empfiehlst du mir da? Diese Unseligen, denen der Sprit allen Verstand geraubt hat? Du siehst doch wohl selbst, daß fast alle deine Waffenbrüder, wie du sie vollmundig nennst, einen Kopfschaden haben? Siehst du das nicht? Davon mal abgesehen, woher kommt bei dir plötzlich soviel Einsicht, du meine einstmalige Verkörperung von Boshaftigkeit? Ich weiß, du hast beschlossen, die Lektion der Demut anzunehmen und bist demütig, nur daß du an die eigene Demut nicht glaubst. Vor lauter Demut machst du dich zur Hure, und das ist die schlimmste Art der Hurerei.«

»Ich hab auch einen Kopfschaden.«

»Du nicht. Im Gegenteil. Selbst hier, in dem ansonsten in intellektueller Hinsicht ziemlich gehaltlosen Ort, selbst hier loben die Therapeutißchen-Prinzeßchen die Fähigkeiten deines Hirns in alle Himmel. Darüber wollte ich übrigens auch mit dir reden.«

»Worüber? Über die Therapeutinnen oder über meinen Kopf?«

»Sowohl als auch. Wenn es um die Prinzeßchen geht, nimm dir, welche du willst. In diesem Fall zumindest verstehe ich deine Demut und Verständnisinnigkeit. Sie gefallen dir, also erträgst du verständnisinnig ihr Gerede: spült im Klo runter, putzt eure Zähne und wascht die Socken, die Station ist doch unser kleines Heim, und wir alle sind eine kleine Familie ... Gut, ja, sogar noch besser ... Sechzig halbtrunkene Stiere, das ist, nach Meinung der schlafenden Prinzessin-Therapeutissin: »eine kleine Familie«. Du mußt sie sehr begehren, so wie du das alles aushältst ... In Ordnung, nimm dir, welche du willst ... Es wird so sein wie einst: Keine wird dir widerstehen können. Erinnerst du dich, wie schön das war? Und was deinen Kopf betrifft, mach dir keine Gedanken, der ist gerettet, deine Latte steht auch noch, du Glückspilz, Säufer, du hast alles, was ein polnischer Schriftsteller zur Tat benötigt.«

»Wenn mein Kopf nicht beschädigt wäre, würde ich dich nicht hören und nicht sehen.«

»Sowieso hörst du mich schlecht und siehst mich schlecht. Trink, dann hörst und siehst du mich besser.«

»Das mach ich nicht. Das weißt du. Du weißt es, und deshalb bist du hier.«

»Klar, ein bißchen sorge ich mich schon, aber nur keine Übertreibung. Heute und jetzt machst du es nicht ... Aber in einiger Zeit ... in einem Jahr ... in zwei ... greifst du zur Flasche.«

»Nein, das tue ich nicht. Und ich sage dir, Satan, ich greife nicht zur Flasche.«

»Ich bin nicht Satan, ich bin dein grünflügeliger Engel mit der goldenen Baseballmütze. Die Frage meiner Identität hat im übrigen keine größere Bedeutung ... Aber wenn etwas passiert? Wenn etwas passiert, wirst du dann auch nicht zur Flasche greifen?«

»Keine sichtbaren Ereignisse hatten jemals Einfluß auf mich. Ich trank, weil ich trank. Ich trank nie, weil etwas passiert war. Allerhöchstens wurde mein Trinken von einem Ereignis begleitet. Zum Beispiel trank ich während des Falls der Berliner Mauer, aber ich trank nicht aus Anlaß des Falls der Berliner Mauer.«

»Und wenn etwas ganz Besonderes passieren sollte?«

»Und was zum Beispiel?«

»Nehmen wir an ... Nehmen wir an, daß die schwarze Bluse aus deinem Leben verschwindet.«

»Es gibt keine menschliche oder unmenschliche Kraft, die uns trennen könnte. Das weißt du, und es ist erbärmlich, wie du hier herumzappelst.«

»Du wirst nicht zur Flasche greifen?«

»Du bist das Maß dafür, wie tief ich gefallen bin. Dein Haus ist in keinen Abgründen, du wohnst im hinteren Teil der Alkoholläden. Mein ewig verkaterter Engel, mein Satan, der wie ein bernsteinfarbener Regenwurm aus der Kräuterwodkaflasche kriecht.«

»Würdige dich nicht selbst herab, Juruś. Lieber ein

Teufel mit Flasche, als keiner. Ich beklage mein Schicksal auch und wäre lieber der Teufel eines Fjodor Michajlowitsch Dostojewskij oder eines Thomas Mann, dabei muß ich der Teufel eines Juruś sein. Ich bedaure das, aber habe mich damit abgefunden. Offensichtlich hat jeder den Autor, den er verdient.«

»Jeder hat den Dämon, den er verdient.«

»Ich sage dir: Lieber einen Teufel mit einer Flasche Kräuterwodka, als gar keinen. Und außerdem war der Kräuterwodka nicht das Schlechteste, manchmal schmeckte er sogar ganz toll. Zum Beispiel im Winter um vier Uhr morgens. Erinnerst du dich, wie er in göttlichem Marsch direkt aus der Flasche in deine Kehle floß? Erinnerst du dich an diese überwältigende Wohligkeit, die dich vor dem Nachtgeschäft überkam?«

»Zum Kotzen ist das.«

»Übertreib nicht mit dem Reihern. Auf den Kommunismus das Siegel des Reiherns, auf die Analysen und Anschuldigungen zum Kommunismus das Siegel des Reiherns, deine trunkene und liederliche Vergangenheit ebenfalls für immer mit dem Reihern versiegelt. Für immer, oder vielleicht nicht für immer? Gewisse Dinge könnten wir zurücknehmen.«

»Welche Dinge könntet ihr, schwefelige Herren, zurücknehmen?«

»Das Reihern zum Beispiel. Gegen das Reihern könnten wir etwas tun. Auch gegen die Schlaflosigkeit, die furchtbaren Schweißausbrüche, das Zittern, die Angst und die Halluzinationen.«

»Und was dann?« forschte ich mit der einer besseren Sache würdigen Hartnäckigkeit nach, doch tat ich es mit Bedacht.

»Dann wäre es so wie vor zwanzig Jahren. Abends würdest du dich tierisch vollaufen lassen, abends würdest du große Erleichterung verspüren, ständig Erleichterung zu verspüren ist dir doch ein Lebensgrundsatz, bis spät in die Nacht würdest du dich in Strömen reiner Erleichterung baden; danach ein tiefer Schlaf und morgens nichts. Morgens Appetit, Rührei mit Speck, ein kaltes und heißes Bad, ein Spaziergang, von Beschwerden keine Spur, am Nachmittag die Lektüre ... Erinnerst du dich? Erinnerst du dich?«

»Ich erinnere mich sehr gut. Ich erinnere mich an alles, was damals war, was davor war, und insbesondere erinnere ich mich an alles, was danach war. Ich werde es niemals vergessen, und genau deshalb ...«

»Deshalb trinkst du nicht mehr, selbst wenn du wie früher von der Last des Reiherns befreit wärst?«

»Ich trinke nicht.«

»Du glaubst doch selbst nicht an deinen lutherischen

Starrsinn. Wenn du weißt, daß du nicht mehr trinkst, warum sitzt du dann hier? Pack dich und hau ab. Denk nur, in ein paar Stunden kannst du sein, wo du willst: in Sopot, in Wisła, in Jarocin ...«

»Ich bleibe. Simon die Güte Selbst haut ab.«

»Ach, laß mich in Frieden mit diesem armen Schlukker! Die Flucht von dem ist doch krasser Kitsch und reinste Graphomanie! Warum in der Nacht, wo es auch am Tage geht? Wozu durchs Fenster, wo doch Türen und Fenster immer offenstehen? Und warum gerade durchs Fenster des Raucherzimmers, wo es in den anderen Räumen ebenfalls keine Gitter gibt? Von hier muß man doch überhaupt nicht fliehen, hier kann man doch jederzeit rausspazieren. Man kann zu jeder Tages- und Nachtzeit seine privaten Klamotten überziehen, dem Diensthabenden Tschüß sagen und damit: Tschüß. Keiner fragt wohin und warum. Und wenn jemand dafür zu schwach ist und die sperrangelweite Tür der Delirantenstation über seine Kräfte geht, dann soll er doch einfach in die Stadt gehen, soll in der nächsten Bar ein Bier kippen und zwei oder vier Wodkas, soll zurückkommen und bravourös in den Alkomaten pusten. Bitte sehr: Junge, du hast anderthalb Promille und eine Viertelstunde, um deine Sachen zu packen. Tschüß und auf Wiedersehen. Wozu sich nachts davonstehlen, wo sowieso niemand Wache hält? Wozu sich in das Gewand des großen Ausreißers hüllen, wo niemand hinterherrennt? Und wozu rennt er weg? Was ist seine Motivation? Weil sein schlafender Zimmergenosse schnarcht? Weil der Flüchtling ein verstärktes Verlangen nach Schnaps verspürt? Weil er in panischem Lauf zu seinem vorigen Leben zurückwill? Weil das erste, zweite und dritte? Er flüchtet und was macht er? Er fährt mit dem Taxi in die Kneipe »Zum Starken Engel«? Ins Nachtgeschäft? Stärkt sich mit ein paar Gläschen, fährt mit dem Aufzug in den zwölften Stock, öffnet die Tür und wird sich wundern, wer in Abwesenheit des Hausherrn in seiner Wohnung war? Wer war hier, als ich nicht hier war? Und wird er, in kleinen Schlucken trinkend, den Saustall aufräumen? Wird er die Schlüssel, Bücher, Schallplatten, Bleistifte, Fotografien und Gläser auf ihren Platz stellen? Wird er den Teppich saugen, das Bettzeug, die Vorhänge wechseln und die Wäsche machen? Wird er eine Überdosis Omo Color in die Wanne schütten? Wird er seine schmutzigen Sachen waschen und sie dann sorgfältig auf dem Balkon aufhängen, außergewöhnlich sorgfältig, denn je sorgfältiger man die Wäsche aufhängt, desto weniger Mühe hat man mit dem Bügeln? Und nach getaner Arbeit gießt er sich eine gehörige Portion Kräuterwodka ein, trinkt ihn aus und schläft ein, und dann erwacht er auf der Delirantenstation? Ich, dein grünflügeliger Engel, komme bei einem derart mitreißenden Rhythmus nicht mit und sage: Das ist Scheiße. Simons Flucht ist schrecklich papieren und irritierend. Wenn du nur ein bißchen Instinkt hast, dann laß die Finger davon und bring das nicht zu Papier. Höre mich zum Schluß an, ich locke dich jetzt nicht, sondern gebe dir einen freundschaftlichen Rat: Beschreib Simons Flucht nicht. Beschreib sie nicht. Und übertreib nicht mit dem kindlichen Glauben an die wiedergewonnene Zeit; nicht nur die Zeit, auch das verlorene Geld läßt sich nicht – vor allem nicht auf literarische Weise – wiedererlangen. Du hast selbst und eigenhändig ausgerechnet, daß du im Verlauf der letzten zwanzig Jahre zweitausenddreihundertachtzig Flaschen Wodka ausgetrunken hast, zweitausendzweihundertzwanzig Flaschen Wein und zweitausendzweihundertfünfzig Flaschen Bier. Umgerechnet in Wodka (nach dem Kurs, daß ein halber Liter Wodka gleich zwei Flaschen Wein gleich zehn Flaschen Bier ist), also umgerechnet in Wodka hast du im Verlauf der letzten zwanzig Jahre dreitausendsechshundertundfünf Flaschen Wodka ausgetrunken, umgerechnet in heutiges Geld hast du weit über siebzigtausend Złoty vertrunken. Und dazu muß man noch die Taxis rechnen, die Trinkgelder, die kleinen

Happen zwischendurch, die verlorenen Geldbeutel, Taschen, Schals, Jacken, Handschuhe, Dokumente, die Kosten für die Entgiftungskuren zu Hause, für die Aufenthalte in den Ausnüchterungszellen, die monströsen Rechnungen für die besoffenen Telefongespräche, die Zinsen, die größeren und kleineren Strafen und die kostenpflichtigen Huren. Und dazu muß man noch mindestens zwei Jahre Trinkerei hinzurechnen, Juruś, denn du hast nicht 1980, als die erste *Solidarność* entstand, so richtig mit dem Trinken angefangen, sondern du, Juruś, hast im Jahre des Herrn 1978, als ein Pole auf den Petersstuhl kam, so richtig angefangen zu trinken, was, selbst wenn man deinen Protestantismus berücksichtigt, ein zufälliges Zusammentreffen ist. So daß du, Juruś, vorsichtig gerechnet, in deinem Leben mindestens eine Milliarde alter Złoty versoffen hast, eine Summe, die für einen Typ, der von pharisäerhafter Demut erfüllt ist, kaum wiederzuerlangen ist. Um sie wiederzuerlangen, müßtest du an dem Poem, dessen Fragmente ich dir gerade diktiere, genau diese Milliarde alter Złoty verdienen. Natürlich, wenn du auf mich hören würdest, wenn du alles getreulich notiert hättest, dann müßte diese auf den ersten Blick unglaubliche Summe Geld kein Wahngespinst sein. Wenn du dich ranmachst, könntest du es verdienen, könntest du unser gemeinsames Werk gut verkaufen, könntest du dich sanieren und könntest – denk nur! – weitertrinken. Schreib, aber bloß nicht allein. Schreib nicht allein, Juruś. Ich flehe dich an: schreib nicht. Es wäre besser, wenn die papierene Flucht Simons nicht beschrieben würde.

Simon die Güte Selbst geht durch den von nur einer Glühbirne erhellten Flur, er öffnet die Tür des Raucherzimmers, geht an das unvergitterte Fenster und wirft seinen Seesack auf den Rasen vor der Mauer. Dann steigt er auf den Fenstersims, er landet weich. Es ist eine warme Augustnacht, ein Flugzeug setzt zur Landung in Okęcie an, die Kornblumen, die Kamille und die Mimosen duften. Simon die Güte Selbst geht zwischen den Backsteinhäusern hindurch, er sieht den orangefarbenen Schein, hört das Gepolter der Vorortzüge, durchs Gras läuft eine fast gänzlich schwarze Katze. Hinter Simon die Güte Selbst folgt langsamen Schritts der grünflügelige Engel, dahinter gehen die Schatten der Toten in weiß-blauen Pyjamas. Sie folgen ihm und es werden immer mehr. Führe mich nicht in Versuchung, Satan.

25

EWIGES ERWACHEN

Und mein Laster fiel von mir ab, wie die Haut von der Schlange abfällt, auf die Wand fielen die letzten Schatten der greifbaren Gespenster, sie war bei mir und hielt mich an der Hand, ich spürte in mir den frühlingsgleichen Zustrom neuer Kräfte. Noch vor einem halben Jahr hatte ich mich auf ein anderes Ende vorbereitet, in der Stille meines Herzens war ich mir sicher, daß ich bis zum Ende das finstere Protokoll meines Lasters schreiben, auf dem feuchten Papier den Punkt setzen werde und mich mit Hilfe geringer, nur mehr sehr geringer Dosen von Kräuterwodka ins Jenseits schicken werde. Ich rechnete aus, daß mir bis zum Ziel, bis zum letzten Atemzug noch höchstens fünf Flaschen, also zweieinhalb Liter fehlten, davon war ich vollkommen überzeugt. Außerdem, außer der exakten, nicht geschätzten Berechnung gab es noch eine zusätzliche Chance und Hoffnung: Es war nicht ausgeschlossen, es war durchaus möglich, daß ich meinen Geist schon nach der dritten Flasche aufgeben würde. (In diesem Fall hätte ich die verbleibenden zwei Flaschen meinen Trauergästen vermacht, den Teilnehmern meines Leichenschmauses.)

Aber jetzt (jetzt, also wann? Jetzt! Jetzt, wo du in einer schwarzen Bluse und grünen Hosen in meine Richtung läufst), jetzt war keine Ruhe in meinem Herzen, jetzt kochte mein Herz wie der größte Wasserfall der Welt.

So viele Male wollte ich die Geschichte eines Menschen beschreiben, der sich von seinem Fall erhebt, so viele Male, so unzählig viele Male, daß ich jetzt, wo ich durch einen unerklärlichen Zufall selbst wieder auf die Beine gekommen bin, wo ich selbst wieder auf die Beine gestellt wurde, wo jemandes sichtbare oder unsichtbare Hand mich aus dem Abgrund geholt hat, mit der eigenen Wiederauferstehung nicht Schritt halten konnte. Ich bin nicht in der Lage, die eigene Befreiung als eine Serie überzeugender Ereignisse zu beschreiben, ich kann nicht mit einer Evolution der eigenen Wiederauferstehung dienen, ich biete lediglich diese epiphanischen Verse an, aber meine Wiederauferstehung war auch so etwas wie eine Epiphanie, sie war wie ein Haiku, sie war wie ein einziger Vers, der traf wie ein unfehlbarer Blitz.

Jahrzehnte lang hatte ich wie unreines Vieh gesoffen, ein Jahrzehnt lang war ich betrunken wie unreines Vieh und innerhalb von nur ein paar Stunden war ich ohne eigenes Zutun nüchtern geworden. Ohne eigenes Zutun? Nein, ich lehne jede Koketterie entschieden ab. Mein Zutun war meine Verzweiflung, mein Zutun waren meine Gebete und mein Zutun war meine Liebe.

Noch vor einem halben Jahr, und vielleicht noch vor einer Woche schwamm ich tief unter dem Eis in einem zugefrorenen Teich, das Wasser wurde steif von den schneeigen Nadeln, über meinem erstarrenden Kopf lagen dicht gepackt die Eisschollen. Es gab kein bißchen Licht. Ich war eine bis auf die Knochen erfrorene Leiche und war von der stereotypen Geschichte der eigenen Agonie enttäuscht, alles verlief so, wie ich es Tausende von Malen gelesen hatte: Ich schloß die erfrierenden Lider und begann mich an mein ganzes vergeudetes Leben zu erinnern. Der gute Zufall wollte es, daß ich mich zu Anfang an den Fußball erinnerte und mir alle Tore einfielen, die ich in meiner Kindheit geschossen hatte, und ich sah den gelben ungarischen Ball, wie er nach meinem Schuß ins Tor des Stadions Start in Wisła fiel und in all die provisorischen Tore auf dem Krakauer Feldanger, und ich erinnerte mich an die Tore, die ich auf der Wiese vor dem Ferienheim in Markowe Szczawiny mit einem Kopfball erzielte, und ich erinnerte mich an die Tore, die ich in einer Turnhalle in Powązki geschossen hatte. Alle meine Fußballträume fielen mir wieder ein, die Alpträume, Halluzinationen, und schon im Schlaf, der mich in den Tod führen sollte, verstauchte ich mir unwillkürlich das rechte Bein, als wollte ich zum letzten Mal einen Gespensterball auf ein Gespenstertor richten, und meine Ferse berührte die erfrorene Seitenlinie des letzten Kreises, ich stieß mich ab, ja, so ist es, wie immer das auch klingt, und es klingt saublöd: Ich stieß mich ab. Ich wiederhole jedoch: Ich war von der Geschichte der Agonien enttäuscht, aber die Geschichte der Errettung erwies sich als nicht besser, sie war ebensowenig ausgesucht wie eine Geschichte für Köchinnen.

Ich berührte mit dem Fuß die Seitenlinie, ich stieß mich ab und zuerst langsam, und dann immer schneller kam ich nach oben und nach kurzer Zeit sah ich es. Ich sah, daß ich die dunkelsten Schichten durchbrach, daß ich mit eigener Kraft durch die zugefrorenen Schollen stieß. Ich schwamm hindurch, und kam heraus, und ich bin hier. Ich bin hier inmitten der riesigen Augustfelder, und du bist bei mir.

Abends werden wir auf der Veranda mit der weiten

Aussicht unseren Tee trinken. Unsere Seelen werden nie von hier fortgehen und nie werden sie hier einschlafen.

INHALT